德國往事

Mein Leben in Deutschland

吳秋祥◎著

右一是吳秋祥先生，最左邊抱小孩是吳太太

右一為吳秋祥，中為彭雙俊，左為邱榮增醫師

大家在吳老闆的餐廳內慶祝新年

吳老闆和三位在德國出生的小朋友合影（左為林靜，中為彭啟堯，右為黃主同）

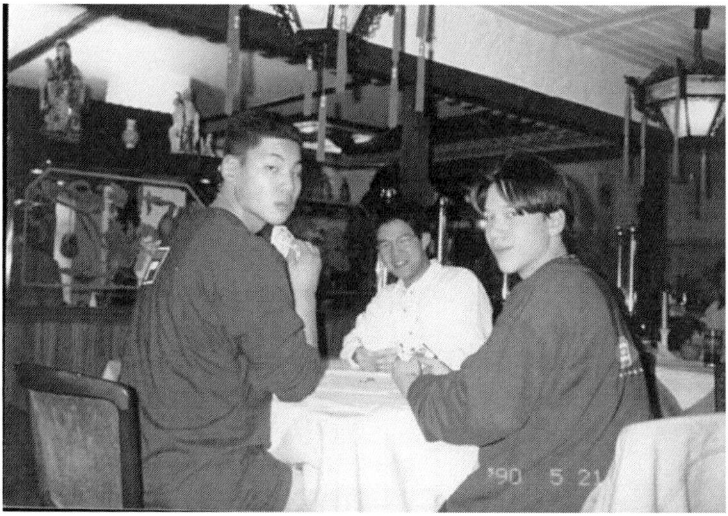

中為吳老闆的兒子，左為邱醫師的兒子

吳老闆夫婦和台灣作家宋澤萊夫婦合影

大家一起舉杯恭賀新年

在波鴻大學留學的台灣學生

自序

筆者從醞釀構思這本書，一直到完成初稿，前後花了好幾年的時間，由於我學識不豐而且用字有限，為了這本書的順利完成，我可以說是翻遍了所有的辭典和字典，只為求好、求通順，有時會因為一句話的恰當與否而斟酌許久。為此我曾數度想放棄寫這本作品，然而在我的背後有一股支持我完成此書的原動力，它並不是初赴德國謀生時的那段心酸往事，也不是兄弟鬩牆的無奈，而是司法戕害善良無辜人民的公權暴力，讓我無法不振筆直書。雖然我的文筆既不優雅也不順暢，那些文字對我來說難如海底撈針，但是這完全是我的親身經歷，既沒有捏造也沒有虛構的真人真事，我的用意只是想把事實公諸於世，讓世人了解到德國司法系統不公、魚肉人民的真相，以及司法機關內官官相護、層層蒙蔽的裁決，希望也能給國人一個借鏡：外國的月亮並沒有比較圓。

筆者在書中所提是累積了二十多年的經驗之談，在旅德期間所遭受的傷害—不是工作上的辛苦，也不是肉體上的疼痛，更不是金錢上的損失，而是心靈上的創傷，我至今仍無法忘懷那種公權暴力的恐怖，它深深地烙印在我的心裡，有如鬼魅般揮之不去；曾經有好幾次我在德國的街上遇到那位檢查官，我甚至於無法克制內心的悲憤，想過去揍他幾拳，最後還是理智地按捺住衝動。

寫完這本書，彷彿重活了一次，也再一次評估是非對錯，那種恐怖的陰影突然間消失不少，心裡那猶如巨石一般的重擔也終於可以搬離，心情一時之間輕鬆許多，也許對我來說將來可能會有後遺症產生，但是那已不是我所能掌控的了，一切也只能交付給上天決定。

最後感謝彭雙俊夫婦的鼎力協助，還有東吳大學外語學院謝院長志偉和清華大學哲學研究所張所長旺山在百忙之餘為我寫序並提供寶貴的意見，在此獻上我最高的敬意。

吳秋祥於德國波鴻

謝志偉　序

一九八二年秋天，我隻身負笈德國波鴻大學，認識了在當地大學前開設中餐館的台灣人，也就是本書的作者，當地的台灣留學生都叫他「吳老闆」的吳秋祥先生。當時第一眼見到他，就覺得這是一位純樸、認真打拚、既有強烈台灣意識、對台灣去的留學生又非常照顧的人，加上吳太太的好客、友善，我很快地就成為常常受到他們照顧的學生之一，直到五年後，我拿到博士學位返台任教前，大家還相約，日後一定要相找。果然，一九九二年，我真的又帶著妻小重回波鴻作研究學者一年半，只不過，其間我結婚生子，人生旅途平安順利，吳老闆卻迭遭厄運，奮鬥了二十年，好不容易才建立起來的一點經濟基礎，竟被一些冷血無情的德國人摧毀一空，除了令人憤慨以外，也叫人鼻酸。

這本書裡所記載和描述的，都是如今年已半百的作者吳秋祥將他自二十五歲起為了生活拋妻別母隻身遠赴德國奮鬥及後來遭受不肖司法人員和商人誣陷的心路過程，可說是淚跡斑斑，令人動容。吳老闆自謙學識不高，實則卻是聰穎十分，對人惜情，對事認真，也有文采。這本書雖是以他被一批惡質的德國法界人士胡整亂搞的事件為中心。但是也看成是六〇、七〇年代台灣人海外打拼求生活的一個縮影之一：於國內，其間戒嚴台灣的影像，於德國，也顯有外藉人士在該地受到迫害的情狀。

留德前後七年，我當然認識了非常多友善熱情的德國友人，也知道像吳老闆這樣的遭遇，絕不應將之視為常態，但我對吳老闆的遭遇仍難不深感同情與憤怒，這本書的出版，對他來說，兼有實質和象徵的意義。就實質來說，寫作是一種撫平遭命運打擊所致的傷痕之方法，就象徵來說，將具體生命內涵以抽象文字捕獲，是文學耕耘的原始形式之一。我心情數度波濤洶湧地詳閱此書，非常樂意應作者之邀為序，寥寥數語當難明吳老闆心境於萬一，恐有辱所請。

是為序。

謝志偉
東吳大學德文系教授

張旺山　序

多年前，當我還在德國攻讀博士學位時，秋祥兄就向我提過要寫一本書，控訴德國司法對他的「迫害」。現在，這本書完成了。秋祥兄將草稿寄給我，希望我能幫他「美化」文稿，修改得更生動、優雅些。但我在看文稿時，卻覺得在秋祥兄不甚「優雅」的敘述中，表露了一種無法經由修飾加以「美化」的「真」。我甚至覺得，任何「美化」都將損害文稿中最為珍貴的「真」。因此，我決定只謹慎地順了一些文句，改正了一些筆誤或打字錯誤，盡量使文稿保留「原味」。

閱讀這份文稿，讓我覺得有一個我極為熟悉的生命，用他最真誠的語言，訴說著自己的「生命故事」。往往就在那些以文學的標準來看表現得不太優雅、不太完整的地方，讓我感到格外的親切、真切，從而散發著久違的動人力量。至於因敘述與描述不夠詳盡、生動的地方，也往往因為留下了一些「空白」，而讓讀者有「參與閱讀」的想像空間。讀者也許會認為，書中許多地方，當作者在「控訴」時，表現的乃是「一面之詞」。這種「合理的懷疑」，是每一位冷靜的讀者心中都會產生的正常反應。畢竟事隔多年，且作者又是「當事人」，難免對某些經驗有「放大鏡」的解讀。但我認為，這畢竟是次要的；重要的是，作者很真切的表達了他的感受——一種「人之常情」的感受。

秋祥兄是一個很「平常」的人，就跟你我一樣。秋祥兄在書中所說的經驗是那麼的真實，就像有可能發生在你我身上、發生在每一個我們熟識的人身上的經驗那樣，讓人覺得分外親切、動人。這一點，乃是任何真實得的平凡故事之所以有感人力量的根源。這種「力量」，在瓊瑤式的虛構小說中，頂多只能有虛幻不實的變形。

秋祥兄書讀得不多，但心思卻相當細膩，我常跟他說：他只是「欠栽培」，否則成就一定不小。其實，人生中有許多事，並不需要什麼學識，就能明確地做出正確的判斷，太多的「知識」若不能輔以清明的心性與堅毅的勇氣，反而容易讓人猶豫畏縮，顧此失彼。在與秋祥兄交往的過程中，我常覺得，他的某些觀點，往往比我們這些「讀書人」更為直接了當、更為「正確」。在這方面，我是由衷的佩服他的。另一個讓我佩服他的人格特質，乃是他的胸襟。他愛台灣、愛他的家人、也愛我們這些留學生，為了這份愛，他默默付出，絕不計較。寬厚、老實，是他的本性，也是一種修養。

留學期間，當我第一次到達就讀的大學時，第一個認識的台灣人就是秋祥兄。波鴻的魯爾大學對面是「大學中心」，秋祥兄就在那兒開了一家中國式餐廳。到達的第一天，我就去了他的餐廳吃飯，從此結了深厚的友誼。從那時候起，我就稱呼秋祥兄為「吳老闆」，直到今天。七年多的留學生涯中，不知道到餐廳喝過多少咖啡，聊過多少話題。這家位於大學中心的餐廳，也成了在魯爾大學求學的台灣留學生的「大學中心」。每一年台灣同鄉會的聚會，都由吳老闆出錢出力；聖誕節、中秋節和過農曆年等，也常在他餐廳中舉行聚會。吳老闆成了我和許多留學生的美好回憶中，不可能忘掉的一部份。沒想到，吳老闆竟得為這份愛心，付出了慘痛的代價。

閱讀這份文稿，讓我對吳老闆有更深的認識，也更加深了我對他的敬佩。在文稿中透露的，不僅是秋祥兄在德國二十多年間的種種曲折遭遇，更有一種真實的無奈，伴隨著一個永不屈服的意志。字裡行間，還常可看到一些秋祥兄特有的質樸幽默和智慧火花。

這不是一本文學著作，不是供人「欣賞」的。這是一個真切的生命所做的真切表達。由於「真切」，讀者自可做各種不同的解讀。相信不同的解讀，可以給讀者帶來不同的收穫。在「真實」與「虛構」之間，不僅作者表達了他的生命故事，讀者也可以透過不同的解讀，完成屬於自己的生命故事的片段。是耶、非耶，可以認真，不必當真。

張旺山
清華大學哲學研究所副教授序於新竹寶山

彭雙俊 序

一九九三年夏天，我服完兵役後三個月帶著新婚妻子赴德留學，實踐自己的理想，而抵達德國的第二天，謝志偉教授就邀請我到吳秋祥老闆的餐廳—福仁飯店—吃飯，這就是我和吳老闆的第一次接觸，沒想到從這天起我和吳老闆夫婦結下了不解之緣。

在留學五年十個月的日子，剛開始事事不順、四處碰壁，我很清楚，自己若沒有朋友相助扶持，恐怕留學之路將更加困難。我指的是精神上的支持和鼓舞。留學生常因學業或生活上的事情沮喪難過，加上異鄉作客，沒有智慧的建言和安慰，很難走出陰影。吳老闆夫婦在我的印象中，幫助了許多留德學子，鼓勵他們克服困難。他們在波鴻大學城以耐心和愛心照顧台灣來的留學生，他們的餐廳不只提供物質上的享受（吳老闆看到台灣來的，常常會煮家鄉口味），更重要的是，那個地方還提供精神糧食，而後者真的影響深遠。

在德國期間，尤其是九〇年代，意識型態的爭論幾乎出現在所有的談話中。我曾擔任過台灣同鄉會西區會長，感受相當深，學生們偶爾因自己的認同選擇朋友群，我當然被歸類為特定色彩的人，這在某個程度上影響了交遊。然而在獨派團體那邊也常碰到難以溝通或接受的狀況，使我覺得不如遠離這些議題，當個「純」學生，然而吳老闆不但安慰我，讓我理解一些事情的背後，他一個讀書不多的廚師，在忙完廚房的工作外，還積極關心台灣的前途，也促使我無法滿足於獨善其身的想法。他常在激進的台獨信仰者和堅決的統派支持者間扮演潤滑的角色，讓大家在瞭解對方、尊重對方，教育作用遠大於當時報刊雜誌的尖銳論述。我學成歸國後，回顧那段歲月，並觀察到現在好幾個歸國學人至今仍密切聯繫，感情深厚，他們的照顧扮演關鍵角色，而且提供了溫馨的回憶。

只是，我留學期間有太多自己的事要忙，卻忘了去關懷常常幽默地給我們加油打氣的吳老闆有些不愉快的事發生，直到現在閱讀他的自傳後，才赫然明白我們在德國那段期間，竟是吳老闆人生最辛苦掙扎的時刻：稅局查稅，財團收黑錢，這些事情當時我只知皮毛，不知詳情，完全不知到吳老闆在燦爛的笑容後面是血淚的故事，還一直不知分寸麻煩他們為同鄉會活動提供支援。吳老闆在外地面臨那麼大的挑戰時，也沒有將苦痛寫在臉上或掛在口上，這個認命卻豁達的典型「台灣牛」性格，充分展現與詮釋海洋精神。希望德國經驗的傷痛能給這位自學的台灣之子更圓融的智慧。

吳老闆的故事是一個人的海外奮鬥史，它特別的地方是：吳老闆並不是將自己視為（悲劇）英雄，他的視野相當寬廣，以大局面來訴說自己做為台灣人在國外的遭遇，有個人的、家庭的、種族的、國家的不同層面問題要面對，可能在某個關節你碰到了無法克服的厄運，但吳老闆不是以憤恨來看待，而是拉開距離，用文字來昇華這個去日苦多的歲月。這是一個不凡的生命智慧。

彭雙俊
台北醫學大學醫學人文研究所助理教授

目次

自序 001
謝志偉序 003
張旺山序 005
彭雙俊序 009
1 初次的空中飛行 017
2 胖子的「瑣例」 021
3 美麗的白雪 025
4 異鄉街景 028
5 錯誤的用藥 034
6 異鄉遇鄉親 037

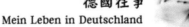

目次

7 官僚整人記 040
8 租房子日記 043
9 居留延期 052
10 參加台灣同鄉會 055
11 賭輪盤 059
12 渡假記 062
13 上飯館點菜記 067
14 換新工作環境 070
15 住醫院驚魂記 072
16 迎接新性命 075
17 錯誤的選擇 078
18 參與抗議美國的示威 087
19 無奈的切結書 090
20 聽艾琳達的演說（初遇朱高正） 094

21 要命的小生意 097
22 小孩的歡笑 102
23 同鄉會選會長 105
24 盧森堡軟禁記 107
25 短暫的天倫之樂 109
26 變調的聖誕曲 113
27 短暫的學習生涯 115
28 同鄉會復活記 118
29 為林俊義募款 120
30 回台灣參加世台會 123
31 查稅記（納粹復活） 125
32 恐怖的偵訊 131
33 公權暴力 136
34 拘留所的一夜 140

目次

35 律師的陷阱 145
36 中國和台灣不同的用詞 152
37 不守信用的律師 157
38 遇到吸血鬼 162
39 生平第一次上法庭 167
40 無奈的和解金 176
41 納粹餘毒作崇 185
42 奸商的勒索 188
43 再度的斷章取義 191
44 找到了真相 198
45 最後的和稀泥 204
結語 208

1 初次的空中飛行

以廚師為業的我，年輕時因當時的經濟環境欠佳的情況下，起了出國撈金的念頭，一心想為家裡改進生活品質，提昇家中的經濟，分擔父母痛苦的財務問題。在朋友的介紹下，我得到了一份德國僑胞寄來的廚師合約聘書，當時我正與現在的太太張惠宣談及婚事，在父母及當時的未婚妻的同意下，開始著手申請到德國的工作身份。經過大約半年的時間，終於辦好了德國的工作証明，在這段申請赴德國工作的期間內，我也與太太完成了婚事。為了前途也為了幫助父母改善家境，我不畏困難，更不怕語言不通之苦，毅然地離開了我那生活了二十五年的國度，別離了新婚不久的妻子，及生養我的父母，也離別了我的親朋好友，忍著淚水，裝出笑顏，向送行的母親及妻子還有其他親友們說再見。臨行前一晚，我曾因食物不淨而嘔吐，雖然即去看過了醫生也打了針吃了藥，但依舊擔心的母親在機場時還是邊掉眼淚邊問我的身體狀況，我一次又一次的安慰母親說昨晚的不舒適已好了，不必再擔心，請母親好好保重身體，我到了德國後會馬上寫信告知德國的情形。

當時出國是沒今天那麼容易，也算是大事一件，因那時是不准出國觀光旅遊的，大部份能出國的人是留學生，護士小姐，及廚師，再有的就是依親，探親了。所以當時一聽有人要出國，每個人都很羨慕，所以當時有很多假廚師真出國的案子，曾經也有美國政府到台灣來調查假廚師的案例發生；不像現在，什麼都開放了，出國是家常便飯，一點都不稀奇了。

我揮別了送行的母親，妻子及親友們，上了飛機。飛機剛起飛時，我還很好奇的看著機外的風景，因為是頭一次坐飛機，所以特別的好奇及興奮，暫時忘記了離愁。等到飛機沖上雲霄再也看不到地面時，心裡卻突然的感到好像失去了什麼一般，腦海裡浮現的是前途茫茫；這一走何時才能再看到親人，何時才能回到故鄉，何時才能再踏上我成長的國度，我的祖國台灣。想著想著，不禁掉下了眼淚，我心裡很後悔的問著自己，為什麼要離開親情，為什麼要離開我生於斯長於斯的台灣？越想心越亂，不久感覺到非常的累（可能是氣壓的關係吧？），不知不覺地就睡著了。這一睡就睡到了曼谷，飛機落地後，空中小姐來叫，我才醒過來。空中小姐說了一大堆話，我一句也沒聽懂。後來又來了一位會中文的小姐告訴我說，飛機在這裡暫停，要我下機等一下再回到機上。我不明白為什麼，就問空中小姐，這裡是那裡，空中小姐告訴我說這裡是泰國的曼谷，請我先下飛機，等一下再請我上飛機，不用擔心。可能那位空姐已經看出我是個土包子，頭一次坐飛機才會問一大堆吧？下了飛機，我走入機場大廳，看到很多人，而且也有販賣東西的商店，我不由自主的跟著人群走進了商店區。突然我看見了一只很漂亮的女用皮包擺在櫃子裡，心想買二個，一個給母親，一個給妻子，她們一定會很高興。但皮包上面貼的價目我看不懂，正巧有二位說台語的先生走過來。我開口問他們說：「您們是台灣人嗎？」有一位回說：「是的，有什麼事嗎？」我說：「請問那個皮包的價格是多少，不知道您們看懂嗎？」另一位就說：「問小姐就知道啦！」我拜託那位台灣人說：「請您幫忙問問好嗎？」那位大約三十出頭的先生說：「沒問題。」，說完就過去問那位店員小姐，小姐跟著那位先生走過來，用英語交談。我一句也沒聽懂。那位先生向我說：「換算美金約五十六美金。」此時我一聽五十多美金，當場傻了眼，先向那位先生說：「多謝，多謝。」就自己很不好意思的走到別地方去。我邊走邊想著有錢多好，當時我身上只有十六美金，這連半個皮包都買不起，想著想著一時心酸，差點掉下眼淚。在曼谷停留了大約二個小時，飛機再起飛時，天色已暗，大概是太過勞累，我一上了飛機就睡了過去，連空服員叫我吃晚餐，我都沒吃，也不知飛了多長時間，當空中小姐再度叫醒我時飛機又已停在地面了。我問空中小姐：「這裡是德國嗎？」小姐答說：「離德國還很遠，這裡是印度，請先下飛機，等一下再回來，飛機會在這裡停留大約二個小時。」我一聽離德國還遠，也沒心去注意小姐後面說什麼，就起身跟著人群走出機艙，走進機場大廳。這次我再不敢去看商店的東西了，我一個人走到候機室，拿出前幾天朋友送給我的一本「德語入門」來看，從來沒有讀過「豆芽」字的我，手上這本書對我來說有如看漫畫一般，一頁翻過一頁什麼意思根本看不懂，翻了一個多小時，大概只記得ABC那三個字母，打發了那無聊的候機時間。

2 胖子的「瑣例」

登機時間到了，我跟著人群上了飛機，找到機位但卻感到不對勁，因為我旁邊坐的人本來是黃種人，而現在坐在那位子上的是白種人，我以為是看錯座號，遲遲不敢坐下，我再拿出票根來對號，確實沒錯我才放心的坐下位子。不久飛機又起飛了，我身邊坐的人大約五十歲左右，最少一百多公斤，他肚子很大，一臉下垂的橫肉，只要轉個身，下巴以下的肉就會晃來晃去的，我心裡想，這個人日子過得一定很辛苦。雖然很討厭他有如廁所裡的蛆一般動個不停，但也沒辦法，語言又不通，不過那位白人胖子也很有禮貌，他好像在向我說對不起的樣子。他說什麼我是聽不懂的，不過後面那句好像是說「瑣例」，「瑣例」是對不起的意思，以前曾聽朋友說過一則笑話，裡面有句也是「瑣例」，所以每次只要那胖子說「瑣例」時，我就回他一笑。那胖子大概是太無聊吧？拿出一本世界地圖試著想告訴我他是從那裡來的，因為語言不通，只好用手來比劃，他指著地圖裡的國家，雖然指著他自己，我看看地圖知道這人是瑞士人，我指著台灣，然後指著自己，那胖子猛點頭，就這樣你來我往的玩了一段很長的時間，兩人也都會意的笑著。那胖子非常的用心，每指下一個國家就教我發音，很有耐心的一次又一次的重覆著，等到我發出正確的音之後，才再換另一個國家來教我，就這樣我學會了世界上好多的國家名字，以及城市名字。那些國家及城市名字我以前也只知道中文發音，外文發音我根本從來也沒學過，這回有機會學到不亦樂乎，也暫時忘記了十幾小時前的離愁，也忘記了剛剛在泰國的尷尬事。

不知不覺的飛機又要下降了，胖子指著地圖上杜拜的位子告訴我這裡是杜拜。飛機停妥之後，我跟著人群走出機艙，我沒跟著人群去看商店，自己一個人到候機室，我找了一個在角落的位子坐下，不一會兒就睡著了。不知過了多久時間，一位小姐搖醒了我。當我睜開眼睛一看，怎麼候機室空空的只有我一個人，剛才我進來的時候這裡空無一人，現在也是沒人。正感奇怪時，那位小姐指著外面飛機，我這才會意過來，原來旅客全部上了飛機，現在只剩我一位。我說時遲那時快，三步當二步跑進了機艙，很不好意思的回到我的座位。看到機艙所有的人都望著我，而那胖子用手比著睡覺的姿勢，我點著頭很不好意思的用中文說對不起，那胖子也用很生硬的中文說沒有沒有。

過不久飛機再度起飛，那胖子大概是累了，沒多久就呼呼大睡，而且鼾聲很大，我雖然也很想睡，就因為胖子的鼾聲讓我無法入眠，我只好帶上耳機聽起音樂，來打發時間。過了一段時間空中小姐送來飲料，我要了一杯柳橙汁，一口就喝下大半杯，剩下的我放在小桌上，嘴裡吃著花生米，耳朵聽著西洋名曲，我開始享受著美妙的音樂，此時那胖子轉個身，手不小心把我的那半杯果汁打翻了，果汁濺了我衣服到處都是，我叫了一聲，胖子醒來一看，對著我說：「瑣例」……說個不停，並從口袋裡拿出紙巾來要為我清除果汁，但果汁已經被衣服吸入了，紙巾已沒辦法再把果汁清除了，我只好到廁所去清洗。我清洗好再回到座位，看那胖子還在清理桌上及椅子，因為太胖的關係，手無法碰到地面，我看那胖子的動作好氣又好笑，只好自己動手用紙吸乾地上的果汁。此時空中小姐也拿了溼毛巾來，我接過溼巾來清除好之後，坐回位子，胖子還在說「瑣例」，我向胖子點個頭，兩人才安靜的坐著，此時我卻因為衣服太溼，感到不太舒服，就起身到處走走，等衣服差不多乾了才又回到座位。不久我感到很累，不由自主的睡了過去。

也不知睡了多久，當我醒來時飛機已經降落在法蘭克福機場。我聽到前後座的人士說：「下雪，下雪，好漂亮哦！」他也很好奇的往外看出去，因為那胖子擋住了窗口，我只能從隙縫中隱隱約約的看到白白一片一片的飄著，這是我有生以來頭一次看到雪。我當時的心情是既興奮又生氣，興奮的是我頭一次看到一片白茫茫的大地，氣的是那胖子把窗口給擋住了，使我無法好好的欣賞那大自然的美。當飛機停好空橋時，旅客開始起身，那胖子也站了起來，本來還有一線隙縫可欣賞到外面美麗的風景，眼前全被那胖子肥胖的身軀給擋住了。我也只好跟著起身去拿手提行李，然後跟著人群走出機艙。我慢慢的跟著移動時還不時的往外看，草皮上好像披上了一張張的白布般，多麼的潔白，漂亮，令我感到大自然的偉大。

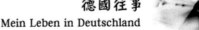

3 美麗的白雪

我跟著人群走到機艙口時，突然全身發抖，我因身上只穿著襯衫及西服，從機艙口的隙縫所吹來的寒冷空氣，讓我受不了。我邊走邊想著，德國這麼冷，日子一定很難過。我跟著人群，走進了機場大廳，抬頭一看，全部都是「豆芽」字，我一個字也看不懂。怎麼轉機到漢堡呢？我手上拿著機票及一張旅行社小姐寫給我的中英文的字條。那是在台灣時旅行社小姐告訴我說：「到了法蘭克福時拿著這字條去問人就可以了」。字條上中文寫著「請問我要到漢堡該到什麼地方轉機？」我拿那字條去尋找目標，碰到一位中年亞洲人，就拿那字條給那位亞洲先生看，結果那位中年人用中文告訴我說：「你跟我走，我要去科隆，去漢堡的也在那個地方轉機。」我就跟著那位先生走。我跟著走了一段不近的路，終於來到了轉機室，那位先生交代我如何辦理轉機手續後，給了我一張名片，並要我到了漢堡如有什麼困難可以打電話給他，我向那位先生道謝之後，去辦理轉機手續。

辦完手續，進去候機室，我走到玻璃窗旁往外看，突然間我被那白茫茫的雪給吸引住了，目不轉睛地欣賞著那美麗而純潔的白雪；在這陌生的國度裡，我帶著非常好奇，想窺知宇宙的奧妙。活了二十幾年了，像這樣的景像，我是生平頭一次遇見，難怪我會一臉驚訝，喃喃自語。再回顧周邊全是白種人。我的父母、妻子、親朋及好友，每個人都離我那麼遠，我獨自回憶著，突然掉下了幾滴思愁的熱淚，後悔要回頭也已是不可能的事，因為身上只有十六美金，別說買機票不夠，就連買個小禮物都不夠，唯一的辦法是忍著生離之苦，勇往直前，認真的工作幾年吧。

我正心亂如麻時，突然響起了廣播，我聽不懂，但看大家站起來往登機門走，我意會到是要登機了。我跟著人群登上了往漢堡的飛機，找到了位子，坐妥不久，飛機開始起動，升空。這飛機很小，飛得不穩，晃得很厲害，還好從法蘭克福到漢堡只飛了約一個小時，很快的一個小時過去了。飛機裡全部是洋人，只有我一位亞洲人，下飛機時大家的眼光全部往我身上投來，這時我覺得很不自在，也有點緊張，那些洋人有如在動物園裡欣賞稀有動物一般，使我更感不安。通關檢查時，海關人員對著我說了一大堆，我一句也聽不懂，只對著官員搖搖頭，官員拿去了我的護照，不知怎麼回事。我站了至少二十分鐘，還不見那位官員出來，我開始緊張起來，眼睛直視著那位官員走進去的那一房間。我心裡想著，如果那官員不出來的話我怎辦呢？此地是「番邦」，而我一句德語也不會，如有麻煩那我該如何是好？這時我心情非常的沉重，一直往最壞的去想，心裡浮出了幾個問號，洋人會不分青紅皂白的把我給殺了嗎？他們會趕我出境嗎？……？當我正想呆了的時候，那位官員才慢慢的由那房間走出來，在他工作的桌上蓋上了大印，交還了我的護照，這才讓我放下心中的大石，提著那笨重的大皮箱離開海關，走出關口大門。

4 異鄉街景

我提著笨重的大皮箱，走起路來是有點吃力，而且又是個陌生的國度，心裡有點怕怕的，不時的往人群裡張望，不久我看到了從前在台灣工作的同事。他叫吳任座，本來我跟他同一時間申請到德國的，就因為我的証件錯誤，拖延了幾天，所以任座就先起程到漢堡。我跟任座是在同一個老板的店工作。當我看到任座來接機，身邊還有二位亞洲人，我才放快腳步的來到機場的接機大廳，與任座打過招呼後，他向我介紹與他同行的一位老先生，年紀大約七十歲左右。任座介紹說：「他是齊伯伯，是我們的老闆。」我向這位老闆打過招呼，握過手後。任座再介紹另一位說：「這位是跑堂，印尼人，不會說中文。」我也向那位印尼人握過手打過招呼後，齊老闆說：「好了，我們走吧？」我跟著老闆一夥人走出機場，往停車場走，很快的就找到車子，上了車（印尼人開車），車子往市區開。

一路上全是白色雪地，馬路兩旁的樹葉全掉光了，只剩下枯樹。我上車前一直冷得發抖，而車子開動後我才感到車子裡面很暖和，我問任座說：「德國這麼冷，你住得習慣嗎？」任座看著我說：「為了賺錢住不慣又能怎樣，先住一段時間再說吧！」此時齊老闆轉過頭來問：「你們在說什麼，是那一省的語言，我聽不懂」。任座回答說：「我們說的是台灣話。」齊老闆接著說：「哦，台灣話，好難聽哦！」我看看任座扮個鬼臉，就沒再說話，車裡變得很安靜。我轉過頭往車窗外去欣賞那銀色，突然間我看到兩位年青人在冰天雪地上相抱熱吻，我驚訝的向任座說：「喂，你看」。手指著車窗外那對熱情的年青人。任座回我一句：「很多啦！過幾天你就不會大驚小怪了」。

一路上老闆很少開口，一直到快到飯店時，老闆才向我說：「我們快到了，你剛來不熟就先跟任座住，過一段時間我才研究人事該如何安排」。我聽不懂意思，只答了一句：「好！」車子開到店門口，我下車把行李搬下，任座叫我快點，並說：「中午這裡很忙，你先把行李拿到房間去，如果累的話就先休息，不累的話就跟我到廚房去」。我回答說：「不累」。任座幫忙把行李放好，關上房門，就帶我進了廚房，我進了廚房一看，心裡有點納悶，再往餐廳看去，算一算才七張桌子，這麼小的餐廳在台灣只能稱它路邊攤，這有什麼好忙的呢？任座拿了一件工作服給我，並說：「換上工作服，我煮點東西來吃」。他邊煮邊說：「這裡的肉味道怪怪的吃不慣，冰箱裡的東西，只要你喜歡全部都可以吃，不像我們在台灣飯店工作，三餐都吃剩菜，這裡老闆不管，我們要自管自的」。很快的任座煮好了二盤菜放到工作檯上，並拿了兩雙筷子及碗叫我快點吃，馬上客人進來就沒空吃東西了。我們邊吃邊聊，一會兒來了一位老先生，任座向我介紹說：「他是褚師傅」。我禮貌的向那位師傅握過手，並請他來一起吃早餐。

　　過不多久，客人開始進來了，那位早上開車接機的印尼人到廚房來，拿了幾張有色紙條交給了任座，轉身出了廚房，任座與那位廚師就開始忙，進進出出的一直忙到下午三點才停了下來。任座把東西收拾到冰箱去，帶著我去房間整理床舖，這房間大約五坪左右，兩旁各放了一張沙發床，一張是任座用的，另外一張是褚師傅在用，任座打開一張疊合式的行軍床，告訴我說：「暫時睡這個床，」我點頭說：「好」。任座對我說：「這裡工作不輕鬆，一天工作最少十個小時，早上十點到下午三點，晚上六點到十二點，有時候還忙到十二點半到一點哦！」。我可能是旅途過度勞累吧？突然感到胃有點不舒服，有嘔吐的感覺，我問任座廁所在那裡，任座告訴我左邊那間就是。我很快的跑進廁所，打開水龍頭，伸手接水準備洗臉，當手接觸到水時，我慘叫一聲：「哎喲！」手心通紅。任座跑來問我發生什麼事？我痛苦的說這水這麼燙，任座笑著告訴我說：「紅色的是熱水，藍色的才是冷水，我剛開始也被燙過。」真是慘痛的經驗。

下午五點多了，我正在寫信，任座午睡醒來，看我沒睡午覺還在寫信，他對我說：「你不睡午覺晚上會很難過的。」我轉身問他：「信要怎麼寄？」任座說：「你全部寫好了，我帶你去寄，今天不能寄了，因為這裡郵局下午五點就關門了。」任座叫我快點寫，上班時間快到了，我被催促得手忙腳亂，很快的收拾信紙，穿上工作服到廚房工作。到了廚房不久，齊老闆拿了一仟馬克給我，並說：「這些錢你先收下，下個月發薪水時扣一佰馬克，做十個月扣完。」我接過後，向老闆道謝，並在支款單上簽字。齊老闆走出廚房，我與任座及那位老師傅開始準備當晚的菜色，菜單一張接著一張的來，有的切、有的炸、有的炒，德國的菜色、做法跟台灣的做法不一樣，而我剛到德國所以非常不習慣，幸好有任座在旁指導，我們一直忙到十點多大家才有空坐下來吃晚飯。

晚飯時大家一起坐下來吃飯，比較熱鬧，不像午餐是在廚房站著吃。當大家都坐好時，那位老師傅就把我介紹給其他同事，我害羞的點著頭，其實老師傅德文也懂得不多，同事裡有位來自印尼的小姐，她叫莎拉，她問了我一些事情，全經過那位老師傅的翻譯，到底翻譯對或錯，我也不知道。接著莎拉小姐表明要教我德語，並說有什麼不懂的地方她可以幫忙，例如寄信，買東西，到銀行辦事，她都可以幫忙。我就拜託老師傅翻譯，拜託她明天跟我去銀行匯錢回台灣，莎拉小姐馬上說OK。

隔天我與她約好十點在店門口見面，因為銀行就在飯店旁邊，莎拉很準時的來到。她看我精神不是很好，昨晚一定沒睡好。其實昨夜我不但沒睡好，而且也哭了一整夜，輾轉難眠，離鄉背井來到一個陌生的國度，語言又不通，父母不知好嗎？妻子能適應鄉村生活嗎？種種都是讓我無法成眠的理由。因為語言不通，莎拉小姐雖然很熱情的打招呼，我也只能點點頭。莎拉小姐帶著我走進了銀行，我拿出台灣的地址及父親的名字、護照，並給了她九佰馬克。我留了一佰馬克零用，辦好匯款手續，手續費用將近二十馬克，因此我只剩下八十多馬克了。出了銀行，莎拉帶我去郵局寄信，順便買了些郵票。回到飯店我以很生硬的德文向她道謝謝，莎拉還糾正我謝謝的發音。

進了廚房任座正吃早餐，我跟著一起用完早餐後開始工作，忙到快三點才休息，下午休息大家都走了，只留下我與莎拉小姐，是昨天約好她要教我德文的。我們坐好後，莎拉小姐開始教我ABC的讀法。這樣的新環境生活，也讓我減少了思鄉的時間。夜裡是我最痛苦的，我常常在夜裡醒來，暗自流淚。經過了大約三個月的時間，才讓我適應下來，忙與累是減輕我思鄉的最大因素。

5 錯誤的用藥

經過幾個月的勞累，身體有點吃不消，這天跟往常一樣的忙碌，我突然感到胃非常的不舒服，當時很忙，我忍著痛把工作完成。到了下班時間，我身上冒著冷汗，拖著疲憊的腳步走出廚房。莎拉小姐看我臉色蒼白，她驚慌的問我說：「你生病嗎？」我跟莎拉學習德文已一段時間，多少已經聽懂一些簡單的德文，我點點頭手指著肚子。突然我胃絞痛得無法站立，劇烈的絞痛讓我無法忍受，我痛得趴在地上滾來滾去。莎拉小姐很驚慌的去叫那位會開車的印尼跑堂，他們兩人把我抬進車內，直接送去醫院掛急診。他們很快的為我辦好看診手續之後，來到病床旁，莎拉看我躺在床上縮成一團，不停的呻吟，莎拉小姐告訴我說：「忍耐，醫生馬上來。」此時的我聽莎拉小姐那令人感動的語調，我忍不著的掉下了眼淚，我內心非常的感激她那麼週到的照顧，同是異鄉人，同是流浪天涯來到這先進的國度，非親非故，只是同事而已，她對我卻百般的照顧，無微不至，讓我感動的無法言語。經過醫生的檢查，服了藥之後，醫生交代按時用藥，莎拉小姐幫忙取藥。

時間已是快六點了，跑堂先生載我及莎拉小姐回店裡，當時我身體非常的虛弱，可是廚房的工作那麼忙，自從任座被派到另外的店工作後，這裡的廚房只有我和那位老師傅，我不能不工作。老師傅見我臉色蒼白，叫我先坐一下子，並倒了一杯溫牛乳給我喝，我喝了牛乳之後精神好多了，休息了約十分鐘，我看老師傅忙不過來，我忍耐的站起來幫忙，到了快十點了，生意快到尾聲了，老師傅叫我先吃些東西後回房間休息。莎拉小姐及跑堂先生也跑進來叫我先去休息。我向他們說謝謝，就放下工作，什麼也沒吃就回房裡休息，可能太累了，我往床上一倒沒幾秒鐘就睡了過去。

當我醒來時天已亮了，我看看手錶才知道此時是早晨四點左右。昨晚沒吃東西，現在感到非常的餓，而且昨天醫生交代的藥也忘了服用。我起身輕輕的走到廚房打開冰箱倒了一杯牛乳來喝，然後拿醫生給的藥來吃。我打開藥包一看嚇了一跳，那藥丸大如小指頭一般，那麼大怎麼吞下去呢？我想了一會兒，結果還是費了一番功夫把那大藥丸很勉強地吞下肚。

上班時我拿著藥去找莎拉小姐，問她這藥丸這麼大很難吞，到底是怎麼處理比較好。莎拉聽我這一問，眼睛睜得大大的問我：「你把這藥吞下去？」我回說：「是呀！」此時莎拉跺著腳說：「你錯了啦，這不是吃的，這是×××的！」我聽不懂莎拉的話，那位印尼男跑堂剛好來上班，莎拉用印尼話跟男跑堂說，男跑堂拉著我到角落去，然後告訴我說：「這不是用吃的。」並用手指著屁股。這時我才意會過來，原來這是用來塞屁股的塞劑，不是口服用的，怪不得那麼大一粒，慶幸的是那種藥沒有副作用，否則的話，代誌就大條囉。

糗事發生之後，同事們常拿來當茶餘飯後的笑話。日子過得也真快，我來德國也快四個月了，生活環境已能適應。我每天除了工作及睡覺之外就是寫信及跟莎拉小姐學些德文，從來就沒出過門，有的只是到銀行匯錢回家及寄信。

6 異鄉遇鄉親

在德國每天所遇見的全是白種人，要碰上一位來自台灣的同鄉是非常不容易。有一天，一位姓趙的廚師，來店裡找老師傅玩，下午老師傅請大家到隔壁的義大利冰店吃冰，吃完冰之後大家起身走出冰店時，冰店的一位女服務生，很大聲的向大家說「tschues」，音如中文的「去死」，是再見的意思。老趙剛到德國不久，也不懂德文，他一聽到小姐說「去死」，氣呼呼的向我們抱怨的說，這小妞很不厚道，以後不要到這家店裡來，豈有此理，那有叫客人去死的，真是混蛋。聽老趙這麼說，大夥笑得東倒西歪，老趙看大家都在笑，他更生氣的說：「你們真賤，被人罵去死還笑，我是語言不通啦，如果在台灣她敢這樣罵我，老子一定跟她拼到底。」老師傅看老趙越說越氣，他才開口說：「這不是罵人，這是向人說再見的意思。」老趙聽了老師傅的解釋之後，才哦了一聲，摸摸頭不再吭聲，回到店裡大夥就聊了起來。

七月天德國雖然沒有下雪，但早晚仍然有些涼意，很少看到太陽出來。七八月餐館的生意比較淡，我走出廚房來到吧檯，倒了一杯水喝，吧檯前那張桌子坐了四位客人，正在用餐，一位白人，三人是亞洲人，我跟著莎拉小姐說：「我們這裡很少有亞洲人來光顧，今天很特別哦。」突然一位客人向著吧檯，用中文問我：「你從那裡來？」我回說：「來自台灣，那你呢？」那位客人說：「我也是來自台灣。」我一聽是台灣來的，心裡很高興的想著，來德國四個多月了，頭一次碰上台灣人，趁機會的向他問了一些問題，兩個人有如他鄉遇知己般的聊了起來。首先他告訴我說：「我不是學生，我是醫生，在一家德國醫院工作。」我心裡想，這個人很了不起，能來德國醫院工作，一定是頂尖人物，我就拜託那位醫生打聽如何能申請太太來德國讀書。那位醫生說：「我幫你問問看。」他寫下了他的名字及電話給我。我接過來一看，得知他叫邱榮增，就禮貌地說：「謝謝邱醫生。」邱醫生說：「免客氣。」也許是緣份吧?兩人談得很投緣，邱醫生他指著其中一位漂亮的小姐向我炫耀的說：「她是我的女朋友。」我很羡慕的瞄了一下，心裡想：這個人是唯美論者「嘴斗不好」，不是一般那種粗茶淡飯，而是要山珍海味才能滿足的人。我向邱醫生讚美的說：「真水，真水，你真有眼光。」

邱先生樂得合不攏嘴，兩人聊了很久，我把要接太太來德國的想法，向邱醫生請益，邱醫生寫下中華會館的電話給我，並說要知道太太來德國所需的文件那邊一定知道的，叫我隔天打電話去詢問就可以。

7 官僚整人記

有了中華會館的電話號碼，我興奮的整夜難眠，恨不得時間快點過。很不容易的等到了上班時間，我迫不及待的拿起電話，打到中華會館去詢問有關申請探親如何辦理，會館的人員教我申請要領，我按照指示去辦理，把所需要資料收集好，及申請書，拿到會館去蓋章，中華會館離我工作的地點很遠，因為我不知道如何換公車，所以每次去中華會館就祇好拿著地址去乘計程車，一趟來回大約三十馬克的車資，第一次進了中華會館，我向會館人員說明來意，會館人員接過資料後說：「你下個星期來拿，理事長今天不在。」我等了一個星期後，叫了計程車再到會館去，結果會館裡的王×華告訴我說：「理事長很忙，過幾天我拜託理事長幫你蓋章。」為了要那張依親證明書，我來來回回的跑了六趟，才拿到那張證明。我心裡暗罵會館那些混蛋，我每次打電話到會館詢問，會館的人就說隔天來拿好了，等隔天去拿時。他們就說：理事長沒來，或是理事長開會不在，到了第五次申請書還是沒有蓋章。我生氣的問工作人員王×華說：「你們要刁難到什麼時候才會給我那證明？如果不給我那張證明也要給我合理的答覆呀，不能叫我天天跑這冤枉路。」王×華聽我這麼問，他很大聲的回話說：「會館不是只為你一個人開的，我們很忙，我們都在為你們白忙你知道嗎？」我看王×華那麼大聲的叫，我有點怕，就放小聲的問「那請你告訴我什麼時候會辦好，不要再叫我跑冤枉路好不好？」王×華看我小聲的問，他也放小聲的答說：「下個星期一你先打電話來問，我幫你向理事長拜託好不好？」我點了點頭，並向王×華說：「謝謝。」就離開了會館。回到工作的店裡，心情很不好，一肚子氣也沒人可訴說，老闆看我有點不一樣，問我到底發生了什麼事，我把事情一五一十的向老闆詳細的說了一遍。老闆說：「我打電話去問看看，等一下告訴你。」過了十幾分鐘，老闆來告訴我說：「你星期一去拿，王×華一定會給你辦好的。」我向老闆道謝。

星期一早上我很早起床，叫了計程車來到了會館，會館還沒開，我坐在會館前的梯階等待。雖然是夏天，但早晨的德國仍然很冷，我穿了太少衣服，坐在梯階，冷得我直發抖，大約等了二十多分鐘，才聽到開門的聲音，我很快的跑進了會館，會館裡溫暖多了。進了會館，我四周掃視一遍，沒有人，只有聽到吸塵器的聲音，沒多久時間一位女佣拖著吸塵器從房間裡出來，女佣是歐洲人，她看到我這個亞洲人，大概也知道是來辦事情，就說：「等一下哦。」我點了頭，就坐下來等。室內很暖活，不像室外那麼冷，坐在椅子上等了大約三十分鐘，我聽到樓梯有人下來，我抬頭望去，下樓梯的是位小姐，我向小姐表明來意後。小姐說：「我先生等一下就下來。」小姐看人及說話有如官夫人般的傲慢，令我感到很不舒服，為了要那張依親證明書，我只好忍受著等下去。過了十多分鐘，那位王×華終於出現了，王×華看到我，很不高興的說：「你好煩哦，這麼早要幹嘛？」我看王×華很不耐煩的樣子，就低聲下氣的說：「拜託、拜託，我需要那張證明，請幫忙。」王×華很不願意的由抽屜裡拿出我的申請資料，並當場蓋下印章，完成了用印之後，交給了我，並說：「拿去，拿去，以後別再來煩我了。」我拿了那張依親證明書後，面帶笑容的向王×華道謝，其實我暗罵著，為了要蓋那印章，我花了多少冤枉錢，跑了多少冤枉路，明明是可以很快就辦好的事，王××卻能把我整得團團轉，從那時開始是讓我對國民黨政府有了反感。

8 租房子日記

有了那張依親證明書，我很快的寄回台灣給我太太，經過一個多月，我接到太太的來信，說手續已辦妥了，機票也訂好了，訂於九月二十日到德國漢堡。從接到太太的信後，我就開始拜託那位印尼的跑堂，幫忙找房子，可是我身上並沒有足夠的錢可付房租，我每個月的薪水全部寄回台灣，這六個月的時間我只在剛到德國時，老闆給我先支用的一仟馬克裡留下一佰馬克作零用，其餘的我每次領的薪水全部寄回台灣，算一算我六個月裡自己花不到三十馬克。我把我的處境告訴了莎拉小姐，莎拉小姐很大方的說：「別擔心，我幫你忙，沒問題。」事隔二十多年，我至今仍然很懷念與莎拉小姐同事的那段時間。

中秋節那天，老闆交代廚房準備兩桌菜，老闆請來他認識的華人來店裡過中秋節，大家都是同行。今年在這家過節、明年到那家過節，洋人是不過中秋節的。所以中秋節全是華人，也算熱鬧，用完了晚餐，有人提議打麻將，不玩的人都走了，剩下的都有意思要打幾圈。最高興的就是我們老闆娘了，她只要有麻將可打，什麼事情都不管了。老闆安排了兩桌麻將，另外還剩三位，缺了一腳。我到廚房收拾碗盤後，正準備回房睡覺，老師傅走到我身旁問我說：「小吳你會不會打麻將？」我回說：「打是會打，可是我身上沒錢，而且過幾天太太要來，我不想玩。」老師傅說：「我先借你一仟馬克，你去陪他們玩四圈，關於你太太要來德國的事，老闆會處理的，不必急啦！」我被老師傅說動了心，就答應陪他們完四圈，頭一圈我輸了大約一佰多馬克，第二圈換我走運，一直到打完四圈，我共贏了將近三千馬克，我把老師傅借的錢還他，並給了老師傅伍拾馬克吃紅。

隔天同事知道了，大家哄著要我請客。下午休息時，我請大家到隔壁冰店吃冰，吃冰時那位印尼的跑堂告訴我說：「房子一時不容易找到適合的，暫時先住學生宿舍，等找到適當的再搬。」我沒聽懂那跑堂的意思，只知道是學生宿舍，一個月一佰三十馬克，我說好，就拿了錢給跑堂，請他幫忙。

二個星期後太太終於來到漢堡，我拜託印尼的男跑堂開車載我去機場接機，接到太太後，馬上回店裡工作。我把太太安排到我休息的房間，並告訴太太等下午休息時才到租的宿舍去住，我放下太太一個人在房間裡，我很快的進廚房工作，到了下午休息時，我才請太太到店裡，並向大家介紹。印尼跑堂名字叫Suri，他看我都介紹過了，就說：「走吧，我送你們去學生宿舍。」到了大學宿舍Suri去找管理員拿了鑰匙，並幫忙把那特別重的皮箱搬到房間裡，我請Suri坐，Suri說他要回家看小孩，並指著手錶說：「五點半我來接你回店裡。」Suri走後，我看看手錶都已經快四點了，很快的幫太太把東西整理，我打開皮箱一看，全部是罐頭食品，怪不得那麼重。此時太太告訴我說肚子很餓，想吃陽春麵，我就到公用廚房去煮我前天準備的義大利麵，沒什麼東西好作高湯，我只好開一罐罐頭放進去，等麵煮好都已五點多了。我因為要上班，所以就告訴太太如何使用水龍頭，以免被燙到，並把身上的一仟多元全給了太太，並準備了信紙及筆給她，讓她能打發時間。

我匆匆忙忙的到路邊等Suri的車，剛好Suri的車也到來，上了Suri的車回店裡工作。到店裡，Suri拿了一張地圖告訴我說：「白天你可以走路或坐公車，晚上回去時才坐我的車子回去，因為白天我得幫老闆買貨。」我說：「好的，謝謝您。」隔天我與太太按地圖走路到店裡工作，走了將近三十分鐘，不過也還好早上空氣很好，就像作運動。

住在學生宿舍不久，我們認識了一位新加坡小姐，她說一口流利的台灣話，很快的就跟我太太很好。有一天我休假，那位新加坡小姐請我們夫婦到她宿舍去，並介紹她先生與我們認識，他自我介紹說：「我姓陳，來自新加坡，歡迎有空常來玩，如有什麼困難的事，也許我可以幫你們處理。」那位陳太太說：「我現在正在學德文，在火車站附近的一家語言學校。」我聽她這麼說，認為我太太也可以跟著去學德文，就拜託她幫忙報名。過了幾天我太太就跟著去學德文，我還是每天走路去上班，為了節省金錢，我每天要提早四十分鐘起床，下午就在飯店休息，晚上才坐Suri的車回宿舍，時間很快就過了一個月。

大學快開學了，宿舍的管理員來告訴我太太，要我們搬離宿舍，我太太聽不懂就去拜託那位陳太太幫忙，結果陳太太說，我剛來不久，德文也不懂，無法幫忙。但她說：「這棟宿舍有一對來自台灣的夫妻，來很久了也許可以請他們幫忙。」陳太太帶著我太太去找那一對來自台灣的夫婦，陳太太認識他們，陳太太把來意告訴台灣夫婦，他們姓張，非常熱心，張太太聽完陳太太的話之後，馬上帶著兩位太太去找管理員問明白。女管理員說：「當時一位先生來租房子時，我就告訴他只能住一個月，現在一個月已到了，學生要回來上課了，所以請她搬出去。」張太太把管理員的話翻譯給我太太太聽，她一聽要搬出去，馬上請張太太向管理員求情，希望能給點時間，讓她找地方住。張太太請管理員幫忙，那位管理員想了一下子才說：「不然這樣啦，頂樓有間小房間，沒人住，讓她們暫住二個星期，不過裡面什麼都沒有，只有一張床而已，煮東西、洗澡、上廁所要到樓下公用地方解決。」並要求張太太保証她二個星期後一定要搬出去。張太太再把管理員的話翻譯給我太太聽，我太太也答應二個星期後一定搬出去，暫時解決了燃眉之急。

夜晚我下班回到宿舍，太太把事情說了一遍給我聽，聽完太太的話，我心裏很急，又不知該如何是好，假裝鎮定的向太太說：「只有等明天去上班時再去問Suri怎麼辦。」當夜我又煩又急的整夜沒睡覺。隔天早上我與太太把行李搬到頂樓，裡面真的什麼都沒有，只有一張床，我咬緊著牙對太太說，沒辦法，暫時先住下來，她只點著頭什麼也沒說。突然有人敲門，我開門一看，這亞洲人抱著棉被來是幹什麼，我太太一看到就說：「張太太。」並介紹我與張太太認識。張太太說：「這裡什麼都沒有，我拿棉被借你們用，等一下我跟我先生去幫你們找房子。」我向張太太道過謝，轉身向太太說：「我去上班了，妳下課到店裡來。」說完就往工作的地方走去，我心裡很急著要解決住的問題，所以半跑半走的很快就到達了飯店，結果門還沒開，我只好在外面等，過了十幾分鐘後老闆來了，我向老闆打過招呼之後，把房子事情講給老闆知道，老闆沒有說話，我只好到廚房工作去。

過了不久我看到莎拉小姐及Suri先生來上班了，就放下手中的工作，走出廚房向他們打招呼，然後用很生硬的德文向Suri說出我的處境，起先Suri聽不懂，我再用比手劃腳的方式說一遍，他還是不懂，站在旁邊的莎拉反應比較快，就用印尼話向Suri說宿舍的時間是一個月，今天到期了，此時Suri才知道我說什麼。老闆從地下室上來，看到我正與Suri談房子的事，就告訴我說：「我會幫你想辦法，你不必急。」我聽老闆這麼一說，低著頭回到廚房工作去。雖然好幾個人幫忙找房子，但二個星期過去了，還是沒有找到房子，我心裡很著急，但又不知如何是好，到了期限的最後一天，老闆才告訴我說：「等一下下班時，Suri去把你們的行李載到一家印尼人開的旅舍去住二個星期，房租七佰馬克我交代Suri付了，叫你太太安心住下去，我們店後面街有新蓋的房子，過幾天就可以去租，那是莎拉的男友介紹的，每個月三佰七十馬克，你回去跟太太商量看看，可以的話就告訴莎拉，請她男友帶你們去看。」按老闆的交代，Suri下班後開著車載我回學生宿舍搬行李，我把行李搬上車，夫婦坐著Suri的車去到那印尼人開的旅舍。進了旅舍Suri用印尼話與對方談了幾句，拿了房間鑰匙帶我們上樓，我把行李放好，看看手錶已經五點多了，我對太太說：「妳在這裡休息，我去上班了。」太太說：「我跟你到店裡去，我不敢一個人在這裡。」這時我才發覺到這房間很暗，也很小，要我一個人住，也會怕怕的。我鎖上房門，帶著太太坐上Suri的車回店裡工作。

當晚那位新加坡陳先生找我，因為上星期我曾問過陳先生有關申請我太太進大學讀書的事，陳先生是來告訴我要我太太在台灣的學校証明，我太太已準備好了，就把資料交給陳先生。過了二天，陳先生再度來到飯店找我，陳先生告訴我說：「我到大學查詢了結果是，漢堡大學不承認吳太太的專科學校文件，不過我可以用別的方法。」我問陳先生：「有什麼方法可以告訴我嗎？」陳先生說：「我有一位朋友，他可以找一位教授寫一封推薦書，有了那推薦書，進大學就沒問題，而且居留也可以解決了，不過要付二仟馬克。」當時的二仟馬克我要工作二個月，我想了一會兒之後，我向陳先生說：「那麼多錢，我目前有困難，過幾天我去向朋友借看看，如果能借到的話，再辦理，好不好？」陳先生說：「不急啦，辦這事情也要拖很久，不是一天就能辦好的，你們考慮清楚後再告訴我，不過我建議先把資料交給我的朋友，好讓他有時間跟那位教授討論，如果將來你們不辦的話，就給他一佰、二佰馬克就可以了，因為你太太的居留還有一個多月就到期了，等到了期才要找人辦，那是不可能的。」我跟太太商量一下，認為陳先生說的有道理，就拜託陳先生處理。

過了幾天，又碰到我的休假日，太太提議去學生宿舍找陳家夫婦玩，我們到了宿舍，陳氏夫婦不在家，我們走出宿舍大門，正好碰上了張氏夫婦，張太太很熱情的介紹她先生與我們認識，張先生用台語自我介紹說：「我叫張懷義，在這裡大學讀書。」我也同樣的自我介紹之後，張氏夫婦請我們到他們家坐，到了張氏家裡，張太太泡茶請我們。我把今天來找新加坡陳氏的事情及有關申請大學的事講給張氏夫婦聽，張懷義聽完之後，認為姓陳的有問題。張先生說：「你們不可付錢給姓陳的，我去查明他的底細，你們等我的消息。」張先生並寫了一張他的地址及電話號碼，並請我們有空去找他們。我也給了一張飯店的名片，並在上面寫上名字。

出了張氏家，我和太太還是走路回店裡，路上我太太說：「我看那個姓陳的是騙仙子哦！」我點著頭說：「伊交代咱麥講呼伊某知影，這就有問題啦！」為了要節省錢，兩人邊走邊談，路雖然遠，走久了也會到達。進了店裡莎拉男朋友（德國人）走過來對我說話，我聽不懂，就叫莎拉，莎拉用比較簡單的向我說：「我的男友要帶你們去看房子。」我聽到要看房子，很高興就跟著莎拉男友去，離飯店很近，走路不到三分鐘。房子很新，是間小套房，有冰箱，有爐子，但沒有桌椅，沒有床，我跟太太商量後就決定租下來，莎拉男朋友就跟房東太太約好隔天早上來簽約並付房租。隔天莎拉與男友很早到印尼旅舍來載我們去簽約，莎拉並拿了二仟馬克借給我，我很感激的向莎拉說謝謝，坐上車就直接往房東處開去，簽好了合約，也付了租金，莎拉男友提議先去電力公司申請用電，辦好用電手續，回到飯店上班，我把剩下的錢交給太太，向太太說：「下午莎拉跟她的男友會載我們去買傢俱。」當房子全部整理好之後，才從印尼旅舍搬過去新家，暫時把住的問題解決了，不必擔心二個星期換一個地方，也不會再有找房子的惡夢。

雖然住的地方沒問題了，但生活問題還無法解決，雖然老闆看我工作能力強，自動的加了二佰馬克的薪水給我，但還是無法解決目前的需要，我唯一的辦法是暫時停止寄錢回台灣給父母的生活費，同時放棄每星期一天的休假日，替別人代工，一個月就又多出了近三佰馬克的收入，省吃儉用的，過了大約二個月才把莎拉小姐借來的二仟馬克還清。

9 居留延期

生活在異國並不容易，我太太的護照簽証三個月已到期，必需辦理延期加簽，我因語言不通，到公家機關辦事情是非常的困難，每次到公家機關去就必需拜託別人幫忙。還好我在學生宿舍住時所認識的張氏夫婦非常的熱心，我每次打電話去拜託張太太，張太太沒有一次拒絕過，為了申請我太太的居留延期，張氏夫婦已陪我們走了好幾趟的外事局，但都沒有辦好手續，到了最後關頭，張太太才說：「你們最好請你的老闆出面，否則外事局的人是不會給你太太延期加簽的。」我問張太太到底是什麼原因？張太太告訴我說：「你太太辦理來德國的理由是探親，而探親依法規定，只能居住三個月，如果你的老闆願意擔保的話，外事局才可能再給三個月的延期，否則就必需在這幾天內離境。」法律的規定我不懂，我心想我有工作，也有收入，我太太不必靠政府救濟，為什麼外事局不給延期呢？雖然張太太向我解釋了又解釋，我還是想不通。

告別了張太太，我帶著心急如焚的心情回到店裡，老師傅看我情形不對，問我發生什麼事情，我把簽證不順的事情說給老師傅聽，正好老闆來到廚房，老師傅再轉述一遍給老闆聽。老闆說：「明天叫Suri及老闆娘帶你們去一趟外事局。」只要老闆肯出面，事情就可順利了。隔天我很早就和太太來到店裡，等了幾分鐘後老闆娘也來了，Suri也在同時出現，坐上Suri的車直接到外事局去。進了外事局，先去拿牌子及登記，今天的外事局人很少，不像前幾次人很多，我們找位子坐下來等，過不久，我們聽到叫我太太的名字，我們一起進入辦公室，辦公室裡只有二張椅子，我把椅子讓給Suri及老闆娘坐，我跟太太站著，並把太太的護照及表格交給了老闆娘，由老闆娘向辦事員解說來意。辦事員把資料取來看了一下，就把護照很用力的丟回給老闆娘，並說了很多話，我聽不懂。當那位辦事員看到護照掉到地上去時，突然停止聲音，辦事員大概知道用力過猛吧？我看到那辦事員的兇相情景，我忍著氣彎腰去撿那本被糟蹋的護照。Suri坐在一旁看不過去的向辦事員說了幾句話，我和太太聽不懂，只好靜靜的站著。老闆娘接著Suri的後面說了幾句，辦事員才心不甘情不願的拿出一張表格，寫了很多字，然後交給老闆娘簽字。

當我老闆娘簽完字之後，把表格及我太太的護照再度的交給那位辦事員，辦事員看起來很不耐煩的將護照蓋上了加簽的大印後，叫我們到外面去付手續費，付完了手續費才算完成了延長加簽的手續。辦好了延期加簽後，我們離開了外事局，老闆娘向我們夫婦說：「我擔保只能擔保一次，這是最後一次的延期加簽，三個月到期一定要離開德國，然後再重新申請，法律規定就是這樣子，我也沒辦法。」其實法律是如何規定我根本不懂，眼前的問題已暫時解決了，三個月以後的變化到時再想辦法。不過當時我確實很佩服老闆娘，我曾經和張太太跑了幾趟多沒辦好，而老闆娘出面事情就解決了，我和太太向老闆娘連聲道謝。

10 參加台灣同鄉會

過了幾天，張太太打電話來關心簽證的問題，我把經過向張太太述說一遍，張太太高興的向我道賀。電話中張太太順便告訴我說：「過幾天，我們台灣同鄉會要辦一個聖誕晚會，如果可以的話，就帶你太太一起來參加，到時候我會把你們的問題在同鄉會上提出來，也許有人會替你想些好辦法。」我答應了張太太的邀請，她並告訴我如何到達會場，也約好帶些食物去。

聚會地點是在一家教會的大廳，那教會有一位來自台灣的牧師，他叫鄭倪玉牧師。當我和太太進入會場時，我看看場內已有約四十多人在裡面聊天了，我們只認識張氏夫婦，其他人我不認識，張氏夫婦看到我倆到場，馬上站起來向我們打招呼，張太太帶著我太太到女人集中的地方去，而我就由張懷義帶著去一一介紹。過不久邱榮增也到來，我向邱醫生打過招呼後，害羞的靜坐一旁。當會議開始，是由當時的會長楊朝諭宣佈，楊會長也是來自台灣的留學生，他把會議題目說了之後，要求大家先自我介紹一番，然後楊會長介紹當天來演講的特別來賓，是來自台灣長老教會的高俊明牧師。高牧師所演講的題目是有關國民黨壓迫台灣人的罪狀，高牧師精彩的演講，大家聽得目瞪口呆，說到激動時，台下的人附會的大聲的鼓掌。我過去二十幾年從不曾聽過像高牧師如此的批評言語，真的讓我耳目一新，不過也讓我感到心驚膽跳，我心想，這麼嚴厲的批評，回台灣不怕被捉去關嗎？經過那次的聚會，我認識了很多來自台灣的同鄉，我也開始接觸到有關台灣問題的報章雜誌，讓我更清楚的知道蔣家父子血腥的真面目。自從上次為了辦理一張探親證明，被中華會館的那些人刁難後，我開始對政府單位起了反感，如今我有機會接觸到台灣問題的報章，我就開始把它宣傳給來自台灣的餐飲界人士。

在當時餐飲界全是國民黨的死忠兼換貼，而且餐飲界的知識水準並不高，大部份的人，除了工作之外，就是賭博，對於台灣政治很少人會去關心，每次當我提起台灣問題時，我的同事或朋友都會對我說：「你飯多吃些，話少說一點，保平安啦！」那時候台獨聯盟有寄月刊給我，有時候我會拿給同事們看，有些人看到獨立聯盟四個字，就像看到毒蛇猛獸一般的驚惶失措，惟恐避之不及，怕遭到連累，惹來殺身之禍，有幾個人甚至不敢跟我交談。

有一天我接到張懷義的電話，他告訴我說：「我去查過有關那位新加坡陳先生的事，全是騙人的，有一位印尼人也曾經被他騙過，這個姓陳的很狡猾，你太太的資料在他手上，為了安全你花點錢給他，把資料拿回來。」我問張先生，我該怎麼辦才好，張先生告訴我他有位同學，印尼人，和新加坡姓陳的很好，請那位印尼人出面。後來我花了二佰馬克換回我太太的資料，結束那被騙的經過。

從那時開始，我跟張氏夫婦交往頻繁，尤其語言方面多拜託張氏夫婦幫忙翻譯。春節時，同鄉會又辦了聚會，我和太太也參加聚會，那天參加的人很多，除了上次聚會的那些人之外，又來了些新面孔。張懷義告訴我說：「我帶你去見一個牧師，他姓趙，也是來自台灣，也許他能幫你太太解決居留問題。」我跟著張懷義走到趙牧師旁，張介紹我與趙牧師認識，當時趙牧師正和楊會長聊天，張懷義把我太太的居留問題請教趙牧師，問趙牧師是否有辦法處理。趙牧師聽完張的話，只說了一句：「居留問題不是那麼簡單。」說完就走到別地方去。當時的楊會長也站在一旁聽，楊會長看趙牧師沒有提出好辦法，就告訴我說：「依我看來，你應該可以考慮到奧國去，然後由奧國再申請進來就比較簡單。」我回說：「奧國我們沒有認識半個人，而且我太太又不會德文，她哪敢去。」楊會長說：「由同鄉會為你們安排好不好，如果可以的話，明天我打電話去奧國找現任的會長，看奧國方面能不能幫忙。」我聽楊會長這麼說，就去問我太太的意見，我太太說：「這裡不能住，到奧國去看看也好，如果奧國也不能住，那就回台灣去啦！」我拜託楊會長幫忙，楊會長說：「明天我連絡好之後，我會託張懷義轉達消息給你們。」隔天張太太帶著奧國台灣同鄉會的會長名字及地址和電話號碼來找我，並約好時間要帶我太太去奧國領事館辦簽證。

張太太幫忙辦理好一切手續，也買好往維也納的火車票，我送太太上火車往維也納。說也奇怪，當時什麼都不怕，奧國也不曾去過，非常陌生的國度，說去就去。送別太太，我回到店裡心情非常的壞，整天無精打采，到了快下班時我接到太太來電報平安，並告訴我說：「奧國台灣同鄉會胡會長夫婦很熱心，安排我暫住他家，等居留辦到了，再去德國駐維也納大使館辦德國簽證。」並交代我向張氏夫婦及楊會長道謝。因為居留問題，我和太太分別住在兩個不同的國度，只有靠著電話傳達思念之心，雖然維也納離德國不是很遠，但我總是放心不下，我天天惦念著太太一個人而悶悶不樂，度日如年。

11 賭輪盤

老師傅看我天天無精打采，心事重重的樣子，就告訴我說：「小吳，等一下打烊我帶你到外面走走，順便去casino玩玩。」到德國已經一年了，我常聽同事提起到casino賭錢的事，但我沒去過，也不知道在什麼地方，老師傅的提議，並沒有引起我的回響，我回老師傅說：「我沒興趣，也沒錢，你自己去好了。」老師傅不死心的用他那三寸不爛之舌，一直的鼓吹我跟他出門走走，經過老師傅的再三煽動，最後我點著頭，老師傅說：「對啦，你沒去過，我帶你去看看，散散心嘛，我先借你三佰馬克，你玩不玩沒關係。」

下了班，我換了衣服，就跟著老師傅走，到了賭場，我看人很多，而且賭場很豪華，每個賭客還要做登記，我很好奇的東張西望，並跟著老師傅辦完登記手續。老師傅教我輪盤的玩法，我半懂不懂的跟著玩起來。說來奇怪，我隨便押，每次都押中，玩不到二十分鐘，我贏了衣袋滿滿的籌碼，我不知道該如何將籌碼換成現金，我問老師傅，老師傅要我等一等，大約又玩了近一個小時後，老師傅也贏了不少，才帶著一起去換現金。經兌換人員算完，我共換了一萬多馬克的現金，而老師傅也換了伍仟多馬克，兩個人高興的回家，路上我把借來的錢還給老師傅，並給二佰馬克吃紅，但老師傅不收，只要求請客。隔天我到銀行匯了二仟馬克回台灣給父母，之後回店裡工作，我給了每位同事二十馬克吃紅，但給了莎拉小姐五十馬克，同事們都很高興。

當時莎拉的男朋友也到店裡來，我也給了二十馬克，莎拉男朋友說：「我不是來要錢的，我是來問你那房子還要不要租，如果不要的話，我要租。」我想了一下子說：「如果你要就給你，但裡面的傢俱我沒地方放，全部給你用好不好？」德國人一聽東西要送給他，高興的說謝謝。辦好退租手續，我把行李搬回飯店宿舍與老師傅同住。

我到德國工作已經超過一年了，老闆告訴我說：「下星期開始，給你一個月的假期。」我高興的向老闆道謝，其實我正希望能有時間到奧國去看看太太。自從贏錢回來就開始夢想著渡假去，可能是老師傅向老闆提過，否則怎麼那麼巧。我開始計劃渡假行程，並拜託張氏夫婦幫忙辦理簽證及買車票，也打了電話告訴太太，起先太太反對我到奧國，原因是經濟不佳，走一趟奧國要花很多錢，而且又要寄錢回台灣，錢不可亂花。我只向太太說：

「老闆給了渡假金及薪水，到奧國是足夠了。」我並沒有向太太提起賭場贏錢的事。我在莎拉小姐的陪同下，買了一隻瑞士金錶，花了一仟伍佰多馬克，準備送給太太，表達對太太流離失所的歉意。

渡假的前一晚我整夜難眠，也許是太興奮吧？六點不到，我已經把行李整理好了，準備坐八點四十五分的火車，老師傅睡在一邊，被我整理行李的聲音給吵醒了，翻了個身，很不高興的對我說：「你小子要渡假了，也要老子陪你失眠。」我不好意思的向老先生陪不是的說：「對不起，我馬上走人。」提著行李往外走，出了門看看手錶才知道六點剛過五分，離坐火車的時間還有二個多小時，我孤孤單單的提著行李走在清靜的馬路上，路上人煙稀少，天氣也不熱，我卻滿身大汗，我走到公車站去等往火車站的公車，不久公車進了站，我提著行李上了公車，坐好位子往裡面看，才發現這車上只有我及司機，車上靜得讓我有點害怕，一路上我欣賞著晨間寧靜的街景，公車一站一站的過去，上下車的人很少，一直到達火車站，整輛公車才有三位乘客，下了公車，我提著行李往火車站裡頭走進去，火車站裡面人很多，我看看手錶，離我要坐的那班車還要等約二個小時，我只好提著笨重的行李東走走西晃晃，等待的時間更覺難熬。

12 渡假記

坐上了火車，我感到很累，頭有點疼，不知不覺睡了過去。一直睡到有人搖我時才醒來，是查票員，我從口袋裡取出車票，交給了查票員過目，收好車票後又昏睡過去。醒來時看看手錶，才知已經是下午二點多了，肚子有點餓，我拿出早上在漢堡火車站買的麵包來吃，車的速度很快。我邊吃麵包，邊看著車外風景，夏天的德國，景色非常美麗，樹葉茂盛，多種顏色參差其間，美不勝收，我被那青山景像，美麗山河給吸引住了。

也不知過了多久，車廂突然出現二位身穿軍服帶有槍枝的人員，其中一位說了一大堆話，我只聽懂護照那句。我拿出護照交給兩位檢查人員，檢查了很久，而且也問了我一些話，我聽不懂，只一臉無奈的對著檢查人員，檢查人員看我不懂德文也就沒再問了，並把護照還給我，收拾好護照，我看看手錶，離目的地還要四個多鐘頭，閉上眼睛又睡了一下子。醒來看看外面，我感覺得到這不是德國了，因為映入我眼簾的景像比起前幾小時所看的已有很大的改變，此地的房子大部份老舊，而且也沒有德國的整齊。

火車停妥後，我不敢下車，先取出車票，去核對車站的名字，確定無誤才敢下車，提著行李走出車廂，遠遠的我看到太太走了過來，此時我也不覺得行李笨重，更加快了腳步，走近太太身旁，兩人打過招呼，沒有熱情的擁抱，只有含情默默，一切盡在不言中。此時的我眼眶含著淚，強忍著不讓淚水掉下，默默的跟著太太走出車站，一路上只聽太太訴說她來到奧國的日子是怎樣的過，我真想向太太說抱歉，卻開不出口。

走出火車站，我們叫了一部計程車，直接回到我太太暫住的地方，進了門正好有位先生出來，我太太為我介紹說：「這位是胡會長。」胡先生接著說：「我叫胡炳三，歡迎你來，……」我客氣的向胡會長感謝胡家收留我太太。胡先生說：「正好可幫我看小孩，我才能專心的做我的博士論文。」談了一會兒，胡先生有事必須出門，只留下我和太太以及正睡覺的小孩，我把行李提到太太的房間放著，取出在德國買來的金錶送給太太，並給了太太幾張仟元大鈔馬克。太太問我那麼多錢從那裡來，我只說是老闆發的薪水及渡假金。我太太半信半疑的收下，把錶帶上，並問我這錶多少錢買的，我說很便宜啦。可能是旅途勞累吧？我感到頭很痛，口很渴，太太倒了一杯水給我，喝完了水，我躺在床上睡著了。夜裡我全身發燒，頭痛得很厲害，我要求太太去買藥，但此時夜已深，人已靜，我太太來這裡是投靠人家，根本就不好意思去打擾別人。但我非常痛苦，有時胡言亂語，語無倫次的，有時帶著一點點清醒，太太也無法睡覺，只好起床去拿毛巾沾上冷水來為我減輕痛苦。

一直到早上七點多，才聽到有人走動的聲音，我太太出門看到胡太太，就將我生病的事告訴了胡太太。胡太太很快的打電話叫醫生，過了不久醫生來了，醫生診斷出是感冒所引發的發燒，醫生為我打了退燒針，並開了藥單。歐洲大部份的國家多實施醫藥分開，也就是說醫生祇負責診斷及開處方單，而藥局負責給藥。我太太拿了藥單到樓下藥局去買藥，吃了藥後一直到了下午我才有力氣站起來。胡炳三看我起來走動，就提議今晚到外面吃飯。我向胡炳三說：「明天看看啦，今天我還很虛弱。」

隔天早上我精神好多了，就要求太太帶我去銀行把馬克換成先令。我太太說：「銀行我也不知道在哪裡。」胡太太聽到就說：「等一下我帶你們去好了。」胡炳三接著說「我今天沒事，我們一起出去好了，中午去某某飯店吃飯。」我向胡炳三說：「那好，不過中午我請客，我要謝謝你們的幫忙。」德國因為不給我太太居留，因此有朋友建議到瑞典看看，據說瑞典的法律比較人性化，夫妻只要其中一人有工作權，另一半就可跟著有居留權。我與太太商量後，太太也有意到瑞典去試試看。經胡太太的幫忙到瑞典駐維也納大使館辦理簽證，結果因我太太的奧國居留只有三個月，不符合規定，無法取得瑞典簽證，我只好自己去看看。瑞典我有幾位以前在台灣的同事，起程前我打過電話到瑞典給我的朋友，經朋友的指點，我坐上飛機往瑞典，下了飛機，我拿了一張朋友的地址給計程車司機看，司機看後請我上車，很快的我找到了朋友。當天晚上很多以前在台灣的同事朋友都過來相聚，我將這次來瑞典的原因說給大家聽，一夥人七嘴八舌也沒什麼結論，到了深夜朋友才離開，我住在朋友家，當晚我感到非常的冷，隔天我道別朋友回到了奧國。

我太太看我只住一夜就回奧國，問我情形如何，我把瑞典情形向太太說明，因為瑞典太冷令我無心多住。我太太要我別急，可是我卻怕打擾胡家太久不好，胡炳三夫婦也說只要住得慣，住多久都沒關係，我感動的向胡炳三夫婦道謝，並拿了一千馬克要給胡氏夫婦作為我渡假期間的膳宿費用，然而胡氏夫婦堅持不收，我不好意思地向胡氏夫婦道謝。

四個星期的假期裡，我感受到台灣同鄉會胡會長夫婦的熱情，從此台灣同鄉會成為我的信仰之所在。只有楊會長的一通電話，我太太就能受到那麼週到的照顧，反觀中華會館，領台灣人民的稅錢，卻處處刁難台灣人，我每每想起被刁難的事，就會暗罵國民政府，腐敗。

13 上飯館點菜記

假期結束後，我回到德國工作，一天老闆走進廚房問我說：「小吳，你想不想多賺點錢。」我說：「想呀，但是違背良心的錢我不賺。」當時漢堡傳聞華人販毒賺很多錢，我以為老闆要我幹那見不得陽光的事。老闆說：「我另外那家店生意不好，廚房用二位廚師太多了，你工作能力強，如果你願意一個人作，我每個月加一仟馬克給你，看你要不要，如果可以的話，下星期你就過去那邊工作。」我馬上就答應了，因為那邊有單人宿舍，我心想將來太太來德國時也有地方住，我很高興，下午休息時我打電話告訴了太太，並叫太太不必去找工作，住胡炳三那裡幫忙照顧小孩就好了，每個月多了一仟馬克，生活費及寄錢回台灣給父母足夠了。

換到新的工作環境，剛開始是有點吃不消，每天最少十二個小時的工作量，下班回到宿舍有時候連澡都沒有洗，躺上床就睡過去了，過了一個多月漸漸的習慣那種忙碌的生活。有一天張懷義帶來一位以前在同鄉會聚會時看過的同鄉來找我，張向我介紹。我說：「我看過，他叫李×夫。」李說：「對，你記性很好。」張懷義提起今天來的用意說：「李先生開了一家飯館，需要找廚師幫忙，所以想請你過去幫忙，而且李先生那邊的外事局比較好申請你太太的居留。」我說：「目前我不能去，因為我有合約在身，不過每星期我有一天假，我可以在休假時過去幫忙，不知這樣好不好。」李先生說：「那也好。」在閒聊中李先生得知我太太下個月會來德國，李先生就說：「這樣好啦，你太太來德國時也順便到我店幫忙，我幫忙為她申請居留。」我信以為真，到了休假日我就買火車票去李×夫店裡幫忙。晚上下班回來有時沒坐上最後一班車時，就得等李先生全部整理完店裡的工作，才由李先生開車送我回宿舍，常常是凌晨兩點才回到宿舍，而且為了希望我太太的居留李先生能夠幫忙，所以我自掏腰包的去幫李先生工作。一個多月後，我太太再以探親身份由奧國來到德國，我就帶著太太去李先生的店作義工，同樣的自掏腰包買車票，三個月很快過去了，我太太還沒辦法申請到居留，只好再回到奧國胡炳三處暫住。自從我發現李先生所說的全是騙人的，之後我就沒再去幫李先生工作。記得有一次我和太太由李先生的店坐火車回到漢堡火車站，兩個人餓得受不了，我太太提議到火車站後面飯館吃飯，就走進一家德國餐館，找位子坐下，服務小姐拿菜單給我們，我和太太看不懂德文，但價格看懂。我對著太太說：「這裡不知道賣的是什麼菜，反正我們叫那最貴的來吃，管他的。」當服務生過來點菜時，我指著那價位最高的地方，服務生看了之後皺著眉頭，用手比，看情形是很大的樣子，我也不懂服務生的意思，只點頭，那服務生也沒辦法，只好按我所指的去準備。過了幾分鐘，服務生端來一瓶白葡萄酒，我當場傻了眼，我太太也不知所措，只好任由服務生把酒倒入酒杯裡。服務生倒好酒後走開，我太太開口說：「你看這是尚貴吔！」當時使我回想起李小龍的一部電影，他在義大利機場時，肚子餓，就到機場的餐廳去吃飯，當服務生拿餐牌給他時，李小龍就隨便亂指了五六樣，結果來的全部是湯，害得他自己吃壞了肚子的劇情。我暗地自責著我運氣那麼差，肚子餓得大腸告小腸了，如果把這瓶酒喝下去，不死也半條命。我看到飯館的酒檯上有一隻裝飾用的雞，我走過去，指著那隻雞用手比「二」給服務生看，服務生這時已瞭解我的意思了，過不久端來二份烤雞，可能是餓過了頭，我很快的吃完那烤雞，兩杯酒原封不動的放著，剩下的半瓶多的酒我帶回宿舍，放到後來全部倒掉，因為我滴酒不沾的。

14 換新工作環境

自從我加入了同鄉會後，如有什麼聚會，我大部份會去參加。有一次台獨聯盟主席張燦鍙從美國來德國宣道台灣獨立運動理念時，我就請教他，你們只說台灣要獨立，那獨立後的方向、政策你們有沒有整套的措施？大家都知道孫中山推翻滿清之後，他有三民主義的政策，你們也應該把政策、方向說出來，讓人民知道。張燦鍙回說：「這我們會在月刊裡提出整套藍圖。」從那次的聚會之後，我每個月都會接到一份獨立月刊，其實我知識有限，我根本不懂什麼叫政治，我只是在每次的聚會時捐一點錢而已，我也知道我本身能力有限，我更知道我不能擔當什麼角色，我每次參與的目的是感激台灣同鄉會的幫忙，讓我太太能有一處暫住之所，我太太來來去去德奧兩國，一直無法申請到德國的居留權，那是我最痛苦的。

來到德國已二年了，一天突然聽說老闆病倒了，不久過世了，老闆娘一個人也無兒女，而且她嗜賭如命，沒多久店也無法再經營下去了。老闆娘結束營業後，我就成了自由身，不再有合約問題了，在漢堡市我太太申請不到居留權，有朋友叫我到別的城市去工作，也許可以申請到居留，我經朋友的介紹，帶著簡單行李去了杜塞道夫（Duesseldorf）找工作，一位朋友介紹我到卡瑟市（Kassel）一位姓蔡的飯店工作，蔡老闆開了很多家飯館，剛見面時蔡老闆告訴我說：「你只要在我這裡認真工作。你太太的居留我會幫你解決的。」為了太太的居留，我沒跟蔡老闆談薪水問題，我告訴蔡老闆：「只要能幫我太太申請到居留，工資我不計較，我先作一個月試試看，你認為我的工作值多少，就給多少好了。」蔡老闆說：「OK。」

換了新的環境，這家飯店的生意很好，我從早上十點到廚房工作，就一直忙到晚上十二點才能停下來，也常常忙到連早餐也無法吃，一個月下來我身體有點吃不消，常常感到胃不舒服。蔡老闆很滿意，頭一個月發給我薪水時還說：「我們這個月的生意，比上個月多做了二萬多馬克。」過不久我太太又從奧國來到德國，因我太太已經有了身孕了，所以自己也在店的旁邊租了一間公寓，準備長期居住。經過了幾次的居留申請，每次都只延期三個月，不過已比漢堡的外事局好多了，我心想只要能延期就可以了，免得再奔波於德奧兩國。

15 住醫院驚魂記

因為工作繁忙，身體漸漸吃不消，一天我突然全身發抖，感覺天旋地轉的，上廁所時大便全是黑色的，臉色蒼白，我太太不知所措的到隔壁房找同事，拜託同事幫忙。同事是來自台灣的留學生，宋氏夫婦，他們是放假時到飯館打工的。宋氏夫婦聽我太太說我生病了，馬上帶我去醫院，經醫生檢查結果是十二指腸出血，必需住院治療。經宋氏夫婦的幫忙，辦理好住院手續，我住進了醫院，躺在病床上，心裡想的不是我的病，而是我太太的居留問題。

我病了無法工作，蔡老闆想必很生氣的，這麼一來我太太的居留怎麼辦呢？而且小孩又將出世，怎麼辦呢？過去天天忙於工作，也沒時間去想那些，而現在躺在病床上無聊，就會胡思亂想，想到前程茫茫，我越想越傷心，不由自主的流下了傷心的眼淚，枕頭被我的淚水給浸溼了，也許是太傷心吧？我昏睡了過去。隔天早晨護士小姐推我去做檢查，照胃鏡，我從來沒照過胃鏡，也不知道什麼叫胃鏡，這一次的胃鏡檢查，讓我吃盡了苦頭。作完胃鏡檢查我已不知東西南北，整個人非常的虛弱，昏昏迷迷，想睡卻又睡不著，當時的痛苦實在是難以筆墨形容。中午我太太來醫院探望，我連眼睛都睜不開，太太問了好多有關病情，我很虛弱的說：「我快死了，妳不要再問啦。」她坐在病床邊靜靜的，很久很久沒再說什麼，一直到我睡著，當我醒來時，太太已經不在了，我看看手錶，已經快七點了，原來我是從昨天中午睡到隔天早上。在病院住了快兩個星期，蔡老闆從沒探望過我。

身體已恢復得差不多了，我問醫生是否可以出院回家？醫生要我再住幾天觀察。那天下午我端著臉盆到公用浴室去準備洗澡，當我打開浴室門，進入浴室時，浴室角落放了一張床，床上躺著一具已用紗布包綑起來的屍體，我看到那場景嚇得大叫一聲，奪門而出，可能是驚嚇過度吧，我跑回病床一直發抖，醫生問我發生什麼事，我說不出話，過了約半個小時，我才向醫生堅持要出院，在我的堅持下，醫生只好讓我出院，並吩咐我暫時還不可以工作，並開了一張休假兩個星期的病假單給我。

回到了我暫時的家，我太太把病假單拿去給蔡老闆，順便領取上個月的薪水，蔡老闆沒有問我的病況，而只向我太太說：「妳先生身體那麼差。」

我太太聽蔡老闆這麼一說，眼眶紅紅的掉頭走回家。隔天張懷義及邱榮增還有漢堡的同鄉來探望我，同鄉的關心，帶給我無限的溫暖及感動。

16 迎接新性命

經過兩個星期的休息，身體漸漸恢復健康，我回到店裡工作，剛進店門，蔡老闆就叫我去談話：「你身體那麼差，廚房的工作不適合你，你去做跑堂的工作，但薪水減半。」蔡老闆很不客氣的說話內容，我差點昏倒，有如晴天霹靂。為了小孩即將出世，也為了太太的居留，我咬著牙根，答應了老闆薪水減半的無理要求。社會是非常的現實而無情的。自從被減薪後，我再無法每個月寄一仟馬克回台灣給父母，而改為每兩個月寄一仟元回台。我給父母親寫信說：「小孩快出生了，所以需要錢買嬰兒用品，現改為每兩個月寄一仟馬克回去，如果家裡不夠用的話，請來信告知。」

十二月的天氣非常的冷，大地飄著白色雪花，樹上結滿了冰枝，商店的櫥窗已改了裝飾，家家戶戶多改用有聖誕氣氛的綠色、白色，及紅色做裝飾，加上屋外的白雪，讓人有溫暖而不寒冷的景像，這是歐洲天主教國度的一大特色，我的小孩就在此時在醫院平安的出生。從沒當過爸爸的我，心有點慌，手忙腳也亂，千頭萬緒。正當我不知所措之際，我的同事，一位德國太太，她自動的伸出援手，幫忙我處理報戶口及有關行政手續，這才讓我鬆了一口氣。在我太太生產期間，我因自己剛請病假不久，所以也不好意思向老闆請假到醫院陪太太，我只好利用早午上班前去探望片刻。

我太太及小孩出院那天，我向老闆請半天假，好為太太辦理出院手續，老闆臉色很難看，而且口氣很不友善的說：「明天員工不夠，你早點去醫院辦理出院手續，不可以耽誤我的生意，否則我要另外找人哦！」老闆那種不近人情的口氣，跋扈的嘴臉，實在讓人無法看入眼。我帶著失望的心情回到家裡，一個人正呆坐椅子上，突然聽到有人按門鈴，我開門一看原來是老闆的哥哥。平常我跟老闆哥哥很好，他突然來找我，我問說：「有什麼代誌是否？」老闆哥哥說：「真歹勢，剛才阮小弟口氣較差，你嘜見怪，明日你去病院辦理出院的手續，若晚一點回來上班無要緊啦，免煩惱。」我笑笑向他說：「多謝，我會盡量卡早去上班。」短短幾句安撫的話讓我感到無限的窩心。

太太出院那天我很早就到了醫院，那位德國太太也出現在醫院，我看到那位太太向她打了招呼，德國太太說：「我來幫你辦理出院手續。」我感動的說不出話來，差點眼淚就掉下來，我心想同是台灣來的人也沒有像這位德國太太那麼熱心，我沒有去拜託她，她卻自動的伸出了援手，那一幕實在讓我非常的感動。辦完了出院手續，德國太太說要去買菜，我提著嬰兒籃，另一手牽著虛弱的太太，叫了一部計程車回家。到了家之後我動作很快的泡好牛乳，也煮了一鍋的痲油雞給太太吃，安頓好太太及小孩後，我很快的去上班。此時外面雖然是冰天雪地，我卻滿身大汗，到了店裡正趕上上班時間，馬上忙著工作，下了班又得為嬰兒洗澡，忙碌的日子時間過了特別的快。

17 錯誤的選擇

一天我突然接到一通陌生人打來電話。對方說明是經趙牧師的介紹，想找個適當的時間見一面，我得知是同鄉會的成員，一口就答應見面。見面時那位同鄉自我介紹的說：「我叫王××，是德國台灣同鄉會中區會長，我目前在馬堡（Marburg）大學任教，我也開了一家中國餐館，需要一位廚師來打理廚房事情，我們都是同鄉，希望你能到我的店幫忙，工資問題我會按一般行情給付，絕對不會虧待你，而且我也聽說你太太的居留到現在還沒有辦妥，這方面我一定幫你辦好，因為我是大學教授，我們那邊的外事局我很熟，包在我身上，你只要幫我做好廚房的事情，其他的事由我來處理，你可以放心啦！」經王××的自吹自擂，我被他的巧言給打動了心，最重要的是他能幫我辦妥太太的居留那一句，心裡想，居然是同鄉，而學歷又高應該可以信任，我毫無考慮的就答應了王××的邀請，並約定了兩個星期的辭職時間後由王某來接我全家過去。

隔天我在上班時向蔡老闆提出辭職，蔡老闆問：「為什麼？是工資太少呢？還是你有找到工作？」我答說：「謝謝你這近十個月來的照顧，我本想在這裡工作，但因有位朋友要開店，需要廚師，所以我答應朋友過去幫忙，我現在的工作實在很不適合我，很抱歉！」蔡老闆說：「只要你有較好的工作，你就去，如果將來有需要，我歡迎你隨時回來。」到了約定的日子，王××來接我時遇到了蔡老闆，王向蔡打招呼，蔡也禮貌的向王問候，原來他們二位早已認識。蔡老闆對我說：「你到店裡來一下，我有事情向你交代。」我把行李搬上車後，要去見蔡老闆，王××跟我一起去，到了蔡老闆的店，蔡看到王某，心裡有些不快。蔡開口問王某說：「你來幹什麼，我不歡迎你，你出去。」王某想要向蔡解說什麼，但蔡老闆不聽一直趕王離開，王×某只好離開，蔡老闆看王某已走了，就拿出一些我的證件來交還給我，並告訴我：「你太太的居留我已替你們辦好了，你最好先去外事局蓋好居留印後，再搬戶口比較妥當。」我聽蔡老闆這麼一說，心裡難過的向蔡老闆說：「真失禮，你若早些日子告訴我，我就不會離開這裡，我是為了太太的居留才答應王××的邀請。」蔡老闆說：「沒關係，以後多連絡，希望你一切順利。」辭別了蔡老闆及同事，上了王某的事，一路上我把從蔡老闆那裡得來的消息告訴太太，並叫太太隔天坐火車去辦理居留。

山路彎曲不平，斜坡陡峭，車子一嶺翻過一嶺，終於到達了王××住的城市。王××向我說：「到了，我先帶你們去把行李放好。」我點著頭，車到達山腳下那家民房，王去向屋主拿鑰匙。我進門一看這樓梯那麼陡，而且又狹窄，我跟太太說：「這樓梯抱小孩上下很危險哦！」王××聽到說：「嘜啦，暫時住幾天，等找到適合的再搬啦！」我只好慢慢的一步一步上樓，把東西放一旁，然後再下樓抱小孩，來來去去上上下下，跑了十幾趟才搬完行李，我太太爬樓梯時說：「咱是在表演特技。」東西搬完後王××交代：「休息一下，五點左右到店裡來討論工作。」我點著頭，回到閣樓，我太太很生氣的說：「你看這裡，沒有浴室，沒有廁所，也沒有廚房，而且樓梯又那麼陡，這根本不能住人的，你事先不問清楚，現在怎麼辦？」我很難過的安慰太太說：「我那知是按呢！暫時住幾天啦，明天拜託跑堂幫忙找房子，找到了我們就搬出去。」安撫好太太，我心裡暗罵被王××騙了。

四點多我帶著太太小孩來到王××的店，王把店裡的情形告訴我，也把周圍的環境告訴我太太，然後交帶我準備晚餐大家吃。我問王××共多少人用餐。王答說：「大約八個人，你隨便煮些麵就可以了，不必太麻煩啦！」

我進了廚房，正要點火時，老闆娘跑了過來說：「吳師傅，你少煮一些，因為我及女兒已經吃過東西了，我們吃不了多少！」我聽老闆娘這麼一說，就少煮些，等麵煮好了，叫大家來吃時，老闆娘搶先裝了三大碗端走，邊走邊叫大家吃麵，我一看剩下不多，心裡暗罵著老闆娘：「妳這混蛋，剛才叫我不要煮太多，說她吃不多，現在卻端走了一大半，這太過份了，也太吝嗇了。」我叫其他的人去吃，而自己忍著餓肚子說：「我不餓。」我坐在旁邊看著別人吃麵，嘴裡一直在吞口水，等大家吃完了，我向他們說明天見，就跟著太太回宿舍。

路上我去買麵包來果腹，並告訴我太太不要到飯店去，以免受那吝嗇老闆娘的異樣眼色。我太太說：「都是你，不打聽清楚，你以為同鄉會的成員全是正人君子，以後你日子不會好過的。」我知道這次的選擇是錯誤的，我默默無言，靜靜的走回那又陡又窄的閣樓，閣樓除了一張床之外，還有一個小水槽，可以洗手、刷牙，上廁所及洗澡要下樓去，實在是非常的不方便。隔天早上太太很早就帶著小孩及護照去蔡老闆交代的外事局辦理居留蓋章，我到飯店上班，店裡有兩位來自台灣的工讀留學生，一位叫洪清安、另一位叫張英哲，他們全是臨時跑堂，為人正派，而且熱心助人，我拜託他們幫忙找房子，他們一口就答應幫忙。

下午休息時我到火車站等我太太，我太太準時的走出車站，我問太太情形，我太太說：「已經辦好居留了。」我很高興的抱著小孩，走回店裡，我很快的跑去告訴張英哲，張也為我感到高興，王××聽到也走過來看，他看完護照後說：「那現在你該放心了，明天我去把你的戶口遷過來這邊就好了。」我把資料全部交給王××。

過了一個星期我終於在張洪兩位的幫忙之下，找到了房子，我很快的搬離那又陡又窄的閣樓，新房子裡面樣樣齊全，房租是貴些，我心想依慣例老闆付一半，我自己付一半還可以。沒想到王××說：「房子是你自己要住的，你要自己付房租，是我租給你住的我才付。」我聽了心裡很不是滋味的說：「你租給我住的那不是用來住人的，只能當倉庫用，那樓梯會跌死人的，你知道嗎？你當時也告訴過我是暫住的，現在說這種話太過份，這樣子好了，我現在向你辭職，我幫你工作到月底，你去找人，房租我自己負擔，你不必生氣，大家好來好去。」王××聽我要辭職心裡開始有點改變，說話也沒剛才那麼大聲，他那開口必先說的一句：「幹伊娘！」也沒了，很客氣的說：「你不要辭職，我們可以商量的。」我沒回答什麼，轉身就進了廚房工作。

過了幾天我一位朋友，他是我小學同學的哥哥，名叫蔡義宏來找我，問我為什麼工作還不到半個月就要辭職，我把事情全部陳述給蔡義宏知道。蔡說：「我去向王問問他的看法，這可以解決的。」我說：「不必了，我不是乞丐，而且他每開口必先來個『幹伊娘』的，我非常的不習慣，如果他到月底還找不到廚師的話，我可以幫忙到他找到廚房為止，這是看在都是同鄉會的成員，我可以幫這個忙，但請他務必用心去找，並希望越快越好。」蔡看我心已決，也沒多說什麼，只把我的話帶給王××後就離開了。

月底了，王××發給我薪水，並說：「我沒有找到廚師，你能再幫忙一個月嗎？」我答說：「可以，但你一定要去找人，不可以一拖再拖哦！」王答說：「會的，我會快點找人。」一個月很快又過去了，王××又來發薪資，同樣的又要我再幫忙，我向王說：「要我再幫一個月忙我可以幫的，但是我的居留你要答應幫我延期才可以。」王說：「都是台灣人，我當然會幫你的居留延期的。」當時在飯店裡當跑堂的台灣留學生都聽到了，我想居然王××已經答應幫忙延期居留，那我就無後顧之憂了，也就答應王××再幫他一個月。我回到了家將事情告知了太太，我太太說：「我看王某的為人不是正派，你要考慮清楚，我的居留才辦好不久，到時候王某借故不幫你的居留延期，那時候你欲哭無淚，就不好了，趁現在我們還有將近五個星期的時間可以去找工作，不要再在這裡做了，明天我們去杜塞道夫找朋友啦！」我說：「不會啦，王××書讀那麼多，我相信他不會過河拆橋的。」我沒聽太太的話，仍然替王××工作，三個星期過後，王到廚房來告訴我說：「你下個月就可以走了，我已經找到了廚師。」我說：「好的，那我的居留請你幫忙延期，等到月底我的居留只剩四天，我要找工作，又要搬家，恐怕太匆促了，上次你要我再幫忙時你也答應過我，你會幫我的居留延期的，現在你就應該說到做到。」王××說：「這是違法，你不在這裡工作，我不可以替你延長居留，很失禮，犯法的事情我不會做的。」並說：「新的廚師明天就來了，你明天就不必上班了。」我聽了很生氣的說：「好，沒關係，那請把我的工資算給我，我明天就不來了。」王走了，跑堂張英哲及洪清安來廚房問我情形如何。我一邊收拾廚房一邊向他們說：「王××這個混蛋，當時要我幫忙時，答應我一定會幫我延好居留的，你們都知道的，現在他說那是犯法的，他這種人說話不算話，過河拆橋的偽君子，我白白的為他服務了二個多月，我太天真了，如果我不能順利的找到工作，而居留又被取消，你們看我有多慘。」洪清安說：「沒關係啦！好人有好報，我也幫你問問看。」我領了薪水，結束了工作回家，我把事情告訴太太，我太太罵我說：「當時我就告訴你，王××不是好東西，你就不信，現在只剩下十天，我看你怎麼辦？」太太的生氣當然有她的理由，當時我若聽太太的話，到別地方去工作，今天這事情就不可能發生。

為了居留，我整夜無法入眠，隔天很早我打了電話給趙牧師及蔡義宏博士，因為他們要求我看在同鄉會的份上要我幫忙王××的，所以我希望他們能幫我去向王××說說，請王××不要食言。結果趙、蔡都說無能為力，我才瞭解到當時王××是利用趙蔡的，如今他已不需要趙、蔡了，當然就不必給他們面子了。我一方面找工作，一方面自己到外事局去試著延長居留，外事局給了一張表面要我拿給老闆簽字就可以延長居留，我拿了表格後就到王××店裡請求他簽字，王××看到我很大聲的說：「你不要來煩我了，我不會幫你什麼的，出去，出去。」原來他看我手中拿的那張表格知道我的來意，我無可奈何的走出飯店，洪清安跑出來叫住我說：「我幫你問了一家飯店，那裡有需要廚師，你去不去？」當時我有如久旱逢甘霖般的喜悅，點著頭示好。洪說：「去南部，老闆是香港來的，人很好，你如果有意願的話，這是電話號碼，你打電話去就說是我介紹的就可以了。」洪清安傳來的好消息沖走了剛才被王××趕出店的怒氣。我拿了電話號碼很高興的跑回家向太太報告，我太太要我馬上打電話去問，我拿起電話與對方連絡，經老闆說明工作情形及工資給付後，我就答應後天就去工作。老闆希望我越快越好，我把與新老闆連絡的情形告訴了過去的同事洪清安及張英哲。洪清安問我：「你們怎麼過去呢？從這裡到那邊，開車要大約五個小時的路程。」張英哲建議我去租車，租旅行車可以把全部大小東西一次載完。我沒回答，張知道我不會開車，他自告奮勇的說：「我可以幫你開車，把東西載過去後，再把車子開回來還租車公司，事情就解決了。」我向張英哲說：「那租車的事情就拜託你處理，先問看費用多少。」張說：「不會很貴，我等一下去問租車公司後再告訴你，如果可以的話，後天我休息可以幫你跑一趟。」當時決定請張去幫忙租車的事，我和太太回家打包行李，也去向房東告別。房東向我說：「你的租約尚未到期，所以押金無法退還。」我說：「沒關係，我是來向你告辭的，我們後天就離開這裡了，謝謝你的照顧。」

18 參與抗議美國的示威

經過張英哲的幫忙，租了一部旅行車，由張英哲駕駛，我把所有家用東西及行李全部搬上了車，看看東西越來越多，差點連坐的位子也被佔了，勉強的坐上車。小孩可能也知道父母又要另一次的漂泊了，也特別的合作，平常的哭鬧今天都沒發生，讓我能安心的搬行李，我坐好位子，轉頭看看太太及小孩，心裡浮現無比的憐憫，這可憐的母子跟著我到處流浪，吃盡了苦頭，尤其這孩子剛出生還不到半年就跟著換了好多處住所，一時悲從中來，掉下了眼淚。太太看我流淚，眼眶也紅了，但她卻強忍著淚水，裝出笑容的說：「過幾個小時我們就安定了，沒有關係啦，當時你如果問清楚就不會有今天的下場。」張英哲坐在駕駛位說：「免煩惱，時到時擔當，無米再煮蕃薯湯。」其實我並不是擔心自己，我傷心的是剛出生不久的嬰兒，沒有一個安定的家，跟著到處漂泊，內心無限的痛苦又有誰能瞭解呢？

車子行走在高速公路上，我默默的看著兩旁的樹木，青翠、油綠的新樹葉，參差著不同顏色及不同種類的植物，有如電影銀幕的快速轉換一般，美麗的一幕參差著醜陋的一角，人生的旅途，有甘有苦，有酸有甜，運氣好的，可含著金湯匙出世，運氣差的，跟著父母流離失所，有的甚至於三餐不續，這世上太不公平了，我想著想著。突然聽到張英哲說：「我們去休息站喝杯咖啡好嗎？」我說：「好，停一下，小孩也該吃奶了。」休息十幾分鐘後又再上路，到了下午快二點才到達目的地。

我進入飯店詢問，當時老闆不在，有位跑堂的說：「你等一下，我去請老闆下來。」見過老闆，老闆吩咐一位員工幫忙我把行李搬到樓上一間房子，搬完行李，老闆請我們一起吃飯，飯後張英哲開著車回原來的地方去還車，留下我一家人。我讓太太及小孩上樓休息，老闆帶我到廚房去看工作環境，並介紹工作人員與我相識，晚上我開始工作。日子過了很快，我及家人的居留也順利的辦好了，這讓我很安心的工作，而老闆的家人也與我處的很好，日子過得還算平安，我也把同鄉會的會籍改到中南區來，遇有聚會我也偶爾去參加。

一天我接到同鄉會的通知，說要向美國大使館示威遊行，希望所有同鄉能抽空參加，那次的示威是抗議美國與台灣斷交，當天我很早就坐火車到目的地波昂去，到了波昂已經過了十點，遊行隊伍已離開火車站，向美國大使館前進，我在看不到隊伍之後，馬上叫了計程車到美國大使館去參與隊伍，我到了美國大使館下車，看不到遊行隊伍，我便延著大使館旁的大道走回頭。但因冰天雪地，路滑難走，而且我所穿的鞋又不夠厚，雙腳被凍得舉步惟艱。但我還是一步一腳印的走了近十分鐘，遠遠的看到遊行隊伍已在前面往我的方向走來。我興奮的跳起來向隊伍揮手，當發現隊伍並無人注意到我時，我才停止揮手的動作。手腳被凍得我不停地打著哆嗦，但內心卻是無比的興奮。當隊伍走近我時，我看見了北區熟識的同鄉，張懷義給了我一個抗議紙牌，我拿了紙牌跟著隊伍走向美國大使館，我邊走邊跟著喊口號，情緒非常的高昂，卻忘了手腳冰凍的痛苦。

到了美國大使館，一大堆人只能站在大門前吶喊，因為美國大使館戒備森嚴，而且鐵柵門關著，根本是無法進去，經過多次的協調，最後才准三位代表進去遞交抗議書，草草了事。示威結束後，我叫了一部計程車到火車站，坐火車回工作處。上了火車，我脫下鞋子用雙手抽打著雙腳讓它回暖，一路上我肚子餓得大腸告小腸，昏頭轉向，好不容易終於到了落腳處，天色已暗，我在車站旁買了一條德國香腸果腹，結束了也算辛苦的一天。

19 無奈的切結書

我自從來到這城市工作，日子過得很平順，朋友越來越多，在安定中求上進，我一直希望能自己開餐館，經朋友的勸進，我開始準備找店面，突然接到外事局的通知，要我拿護照去外事局一趟。我將外事局的來信拿給老闆過目，老闆看後說：「明天我帶你去外事局一趟。」隔天我跟著老闆到了外事局，老闆把信拿給辦事員看，辦事員一看便知道怎麼回事，就開始向我老闆說明原因，老闆翻譯給我聽。老闆說：「事情是這樣，這省的法律規定，外國人來德國工作不能超過五年，如果超過五年那外事局就一定要給長期居留證，所以你已經來了四年多了，外事局通知你要離開德國。」我聽老闆這麼一說，頓時傻了眼，很久說不出話，老闆看我如此激動，安慰我說：「先別急，我問看有什麼辦法可補救。」我老闆再度去詢問辦事員，幾分鐘後告訴我說：「我要求他們再給你一年居留，他們不肯，但可以給六個月居留，不過你要簽切結書，六個月後一定離開德國，你考慮看看好不好，依我看來切結書沒有什麼用，你只要有居留，然後到別的省去找工作，每一省的法律規定不同，也許別的省沒有如此的規定。」我聽了老闆的話後說：「沒有其他的辦法，那就請辦事員給我六個月吧。」經過協調後，辦事員拿了張切結書要我簽字。

辦好居留後，回到店裡，老闆告訴我說：「我也沒辦法，我很希望你在我這裡工作，但現在情形變成這樣，我不能為了我的生意而害了你的將來，所以你快點去找工作，最好找西北部的省份，那邊的法律比較鬆，什麼時候找到了工作，你就隨時可以走，不必擔心我的生意。」老闆的體貼，處處為我著想，令我捨不得離開他，然而法律的規定就是那麼的殘酷，而且切結書也簽了，我很無奈的再另謀生路。

回到宿舍我把事情告訴了太太，我太太緊張的問我怎麼辦？我說：「怎麼辦？再找工作，我們生來就是流浪命，想安定的過日子也困難，時也、命也。」我裝著好像沒事般的鎮定，打電話請朋友幫忙找工作，其實我內心正哭泣著，內心的痛苦沒有人瞭解。

過了幾天接到朋友的電話說在杜塞道夫有份工作，如有興趣可以找一天下來杜城看看，我約好日子到了杜塞道夫，朋友帶我去見新的老闆，一拍即合，談妥條件並約定二個星期後上班。

告別了新老闆我跟著朋友到杜塞道夫最熱鬧的老城走了一趟，吃了些東西後坐火車回工作處。隔天上班時我把昨天找工作的事向老闆說明，並辭掉工作，老闆向我道賀。為了要搬到有小東京之稱的杜塞道夫，我把太太及小孩安排到奧國維也納朋友處暫住，因為杜城的房子很難找，等我到杜城後找到房子後才能一家團圓，我含著眼淚送太太及小孩到火車站坐夜車去維也納朋友處。隔天我託朋友來幫我載行李到杜塞道夫，到了杜城，我暫住老闆提供的小房間，我也開始託朋友找房子。

過了一個多月才找到一間不是很好的樓頂小房，雖然不大，但可供一家三口克難的過日子，租好了房子後，我把妻子接來同住，日子過得算安康，我每天上班，而我太太每天照顧小孩，有時候帶著小孩一起去遊樂園玩，一家和樂融融，而且在杜城又拿到了一年的居留，使我能放心的是過去所簽的切結書已經失去了作用，我已有資格申請長期居留了，再也不必擔心外事局趕出境了，因此我開始籌畫自己開店做生意，經由邱榮增的介紹，到波鴻市（Bochum）去看一家由台灣人經營的小餐館，那位台灣人因經營不善而有意出讓，我和太太是有意接手，但因資金有點困難，以及牌照過名也有麻煩，所以拖了一段時間。

20 聽艾琳達的演說（初遇朱高正）

一天突然接到邱榮增的電話說施明德的太太艾琳達要來波鴻大學（Ruhr-Universitaet Bochum）演說，希望我能抽空去參加。當晚我準時的到達會場，小小的會場已坐滿了人，我向一些同鄉會員打過招呼後，找了位子坐下，我發現有幾位年青的學生是我不認識的。聽完了艾琳達的演說之後，我捐了點錢，也拿了些有關高雄事件的資料，正準備回杜塞道夫時，邱榮增叫住我說：「吳仔，你要回去杜城，是否能順便載一位學生到（埃森）Essen火車站坐火車？」我問邱榮增說：「是誰？」邱榮增把那位學生叫過來，並介紹給我認識，邱說：「吳仔是伊，伊叫做朱高正，剛來波昂大學不久，拜託你載伊去Essen車站坐火車啦！」我說：「沒有問題，跟我走。」我帶著朱高正走向停車場，上了車之後，朱高正開始向我說些政治話題，並問我說：「吳大哥你來德國多久了，當時為什麼來德國？」等等，我心想新來的學生總是好奇吧，我也沒去防他，把朱高正所問的事一一作答。後來朱高正說：「我以前是國民黨員，就是因為替康寧祥助選才被退黨，現在我常常與黨外人士在一起。」我很少開口，一路上朱高正滔滔不絕，我很用心的在聽朱的高談闊論，結果車子卻錯過了出口，等我發現時已經太遲了。我向朱說：「抱歉Essen車站已經過了，我載你到杜塞道夫去坐火車好了。」朱說：「沒有關係，只要能回波昂（Bonn）就可以了。」我仍然一路聽著朱高正的「演說」，朱高正每說幾分鐘後就問我一小段有關同鄉會的事情，我也每次把我所知道的毫無保留的告訴朱，後來朱高正看我沒有心防，就問我說：「你知道台灣獨立聯盟嗎？」我說：「這個組織我聽說過，但我不瞭解。」朱說：「我在台灣時就有接觸過，我來德國不到二個月，所以我想再與獨盟聯絡。」我回說：「我對獨盟不瞭解，如果你真的要與獨盟聯絡的話我可以幫你問，你留下地址及電話號碼，等我問到時再告訴你。」

一路上就因為朱高正的健談因素，本來一個小時的路程，卻因錯過了幾個出口而多開了將近一個小時。到了火車站，朱高正急忙的買了車票上了最後一班車回波昂，我等朱上了車後才離開車站回家，到了家已經快深夜一點了。短暫二個小時的同車談話，後來被朱高正出賣給台灣當局，我變成了情治單位黑名單裡頭的一員而不自知，若不是當年郁慕明先生把朱高正的行為給揭發出來，再經過媒體的報導及記者的訪問，我還不知道我是情治單位鎖定的台獨暴力份子。

21 要命的小生意

隔了不久邱醫生再度打電話問我買店的事，我向邱說明正籌款中，等湊足了款項後再說。當晚我打了電話到奧國向朋友提起想自己開個小店需要些資金，我的朋友聽我說要借錢做生意，馬上答應借錢給我，過了大約一星期我就收到朋友匯來的款項，我很快的請邱醫生幫忙有關合約及過戶事情，等手續辦好之後，我開始經營那家連帶旅館的飯店生意。剛創業手頭很緊，而且生意也不好，經過半年的艱困經營，生意慢慢的有了起色。

就在那時候奧國朋友來電話急需資金，希望我能把錢還給他，接到電話後我整天煩惱，到處打電話向朋友借錢，結果還是借不到錢。我把事情向邱醫生提起，邱醫生想了很久後說：「這樣好了，我的人壽保險單借你，你去銀行貸款，用我的人壽保險單作擔保，然後你每月分期還銀行。」我說：「這樣銀行肯嗎？」邱說：「那當然，這是無風險的，銀行當然會答應的。」隔天我跟著邱醫生到銀行辦理貸款，果然很快的就貸到款項，我很快的也把朋友的借款還清。

從那時開始，我和太太為了要趕快還清銀行的貸款，店裡的所有工作全部自己處理，從早上六點旅館的早餐開始到中午的中餐及晚餐全不假手他人，夫婦兩人每天只睡不到五個小時，其餘的時間全投入飯店工作裡。可能太勞累的關係，我的宿疾又復發了，胃時常疼痛，有時痛得我無法站立而趴在地上，全身冷汗直流，為了要快點還清貸款，我太太幾次提議找人來幫忙，都被我拒絕。

大約一年的時間，我省吃儉用的終於把貸款還清了，而且每月開始有點盈餘，苦剛盡甘未到的時候，我倒了，十二指腸大量出血，我跌倒地上昏了過去，我太太急忙的打電話給急救醫生，醫生來幫我打了一針強心劑，並吩咐我明天早上如果還沒有好，一定要進醫院做檢查。隔天早上我太太打電話給邱醫生，告知我的病情，邱醫生急速的來到我的住處，邱看我情形不對馬上開車送我去醫院，經醫師的檢查，我必需開刀治療，我聽了醫生的話之後，整個人呆住了，心裡想著如果我必需開刀，那店怎麼辦？小孩上幼稚園誰去接送呢？一時間我激動的無法言語，眼淚掉了下來。邱醫生和我太太在一旁安慰著我，要我安心的養病，店裡的事，小孩的事都可以解決的，邱醫生把一切的住院手續辦好後先走了，留下我接受醫生的治療，我交代太太打電話給朋友拜託朋友來幫忙廚房的工作，如果找不到人就暫時關門休息幾天，我太太也知道店不開房租無法付那是不可以的，我太太打了很多電話給朋友，終於有人肯來幫忙，我也放心了。

剛住院經過醫生的檢查時發現十二指腸仍然在出血，醫生告訴我要等停止出血後才能開刀，我整天躺在床上不能吃不能喝，只有打點滴，很無聊的，到了第四天醫生告訴我隔天就可以動手術了，我聽了心裡有點怕，我怕如果手術沒成功，那將與世長辭了，而小孩怎麼辦呢？遠在家鄉的父母怎麼辦呢？想到此處我立刻提起筆來寫遺書，我在遺書裡交代我太太，如果手術不幸失敗的話，請她不必傷心，帶著小孩回台灣去，找個合適的，能照顧她下半輩子的男人重嫁，並交代如何處理身後事，如何向父母說抱歉。請我父母保重等等，簡單的寫了半張信紙，雖然簡單但也算詳細。

隔天護士小姐推著我進手術房，醫生來給我打麻醉針時，醫生問我名字，然後要我從一數到十，但我只數到五就不省人事了，醒來時感覺肚子上壓了很重的東西，非常不舒服，我試著把那重物推開，但因雙手使不出力來，當護士來看我時，我要求護士把壓在我肚子上的那些重物拿掉。護士說：「不可以拿開，否則你的肚皮會合不起來，忍耐幾天就好了。」我只好忍受著重壓之苦，剛動完手術，身體非常虛弱，整天昏睡。下午我太太到醫院探病，她看到床邊有一袋血袋，而且管子一直在滴血，突然間昏了過去。隔壁床的病友看到馬上按鈴叫護士小姐，醫生也跟著跑進病房，為我太太做急救，經過醫生的急救，我太太才清醒過來，醫生問她以前有什麼病情。她說：「我沒病」只是指著血袋給醫生看，醫生知道她是怕血，所以請她到走廊休息，並吩咐護士小姐把血袋放到床下，並用床單蓋著，以免再發生昏倒事件。

開完刀後我很快恢復健康，一星期後拆線，拆完線後我向醫生要求回家靜養，但醫生不同意，醫生說要再觀察二個星期後才能知道手術是否成功，二星期後如果沒有其他病情才能出院，我只好聽醫生的話住院觀察。過了大約十天，我已可以正常行動，只是體力差些而已，所以我向醫生要求回家調養，醫生看我很堅持只好放我出院，並吩咐我一個月內不可工作，我高興的向醫生道謝，提著簡單的行李出院回家。

經過短時間的調養，恢復得很快，我為了賺錢，回到了生病前的工作情況，努力的工作，省吃儉用的過日子，幾個月後我手邊累積了一些錢，我開始申請父母到德國觀光，自從我離開台灣後就沒再見過父母親了，日夜想念著，我渴盼著能早日再見生我養我的父母。皇天不負苦心人，我終於辦好了父母到德國的手續，寄了錢給父母買機票。

22 小孩的歡笑

為了迎接父母的到來，能有時間陪父母到處觀光，我才訂了每星期休息一天，過去我和太太是除了每天睡五至六個小時外，其他的時間都在工作，連照顧小孩的時間也很少，因此我的小孩很少有歡笑，自從每星期休息一天後，小孩常常是只盼望休息日的到來，休假日是我小孩最快樂的日子。剛休假完我的孩子問我說：「爸爸明天是不是休假日？」我向小孩說：「明天爸爸要做工賺錢，如果爸爸沒賺錢，我們就沒飯吃了，而且爸爸也就沒有錢買玩具給你了哦！」天真無邪的小孩說：「爸爸我們廚房很多米，你明天不要做工，我們煮那些米吃就可以了，好不好？」小孩子一直吵著我不要工作，好陪他玩，我連哄帶騙的才讓小孩靜下來，我心裡想著：「可憐的兒子，你投錯胎了。」想著想著心頭感到一股酸與苦的無奈，眼角流下了些淚水。

盼望已久的母親終於來到了德國，那天的天氣很好，我們很早起床，小孩更高興的叫著要看阿嬤，我開著車與太太小孩到法蘭克福機場接母親。我們提早到達機場，因為母親除了台語之外不懂其他語言，我深怕母親迷失方向，所以提早到達，去向航空公司請求協助，航空公司答應協助後，我才帶著妻小去吃早餐。用完早餐後，我去看佈告牆，飛機還要十多分鐘才會到，我們守在出口處，不敢走遠，也許是迫不及待的心理因素吧？十多分鐘卻令我感到非常之久，終於我看到了空中小姐帶著年邁的母親走出海關，我很快的跑過去向空中小姐道謝，接過行李車邊走邊跟著母親問長問短的，幾年不見的母親的確老了，我只顧著和母親交談，卻忘了小孩歡笑的叫著阿嬤的情景。

從機場到停車場是有一段距離，我看母親走路已沒有幾年前那種靈活了，臉上的皺紋告訴了我，歲月是無情的、殘酷的、現實的，然而每個人都必需經過現實、殘酷以及無情的考驗，終其一生。我回想著小時候家裡窮得三餐不繼，而當時的母親是多麼的堅強，為了家，她早出晚歸的工作，不向命運低頭，為了小孩，母親更是省吃儉用，一分錢也不曾浪費，我還記得母親為了孩子的功課，規定晚飯後每個小孩要花些時間讀書，否則不准出門玩。有一天村子裡來了一團演戲兼賣膏藥的戲團，晚飯後小孩子沒有心情看書，然而母親因為大兒子要考初中，不准小孩出門去看戲，要留在家裡看書，雖然母親不識字，但只要孩子在家她就安心了，有沒有在讀書母親也不知道。在那天膽大的大兒子大逆不道地罵了母親一句「幹伊娘」，我母親氣得咬牙切齒，當場昏倒，鄰居來了很多人幫忙，有的拿水，有的拿毛巾，更有的人騎著腳踏車到三公里外的市集去叫醫生，折騰到了深夜，經醫生打了針，母親才醒了過來。而隔天一大早母親還是很早起床為孩子們準備便當，沒有怨言，沒有恨，逆來順受，多麼偉大的母親，如今已老態年邁了，我內心的不捨與難過又有誰能體會呢？

我載著母親及妻小順道去看看法蘭克福的名勝，一路上小孩天真的阿嬤長阿嬤短的叫著，小孩天真活潑的歡笑聲，讓我感到很欣慰，過去我和太太為了賺錢，每天不停的工作而忽略了小孩，如今母親的到來，減輕了我的壓力，更天天給小孩帶來的歡笑聲。

23 同鄉會選會長

我每天仍然很早起床為旅館的客人作早餐，有一天很早朱高正來訪，我順便的作早餐給朱高正用，當時我是德國台灣同鄉會西區分會副會長，過不久就要選新會長，有人請我選會長，被我拒絕，原因是我店裡工作很忙，而且我也沒有能力領導，所以我堅持不要選，在沒有人願意當會長的情況下，正好朱高正來訪，我把選同鄉會長的事向朱高正提起，希望朱高正出來選會長。開始時朱高正推說剛到德國不久什麼情況還不明白，等下屆再說吧！後來朱高正開始問我同鄉會的性質，我把同鄉會的性質清楚述說了一遍後，朱高正就說：「到時候再看看吧！」沒想到同鄉會開會那天，朱高正帶來了一群學生入會，那天老會員去的不多，選會長時朱高正卻主導了整個會場，而且朱也順利當選了新任分區會長。當時有人提議新會員沒有資格投票，朱高正當選無效，但又沒有人願意當會長，只好交由朱高正任新會長。

自從朱高正當選德國西區分會會長後，可能是朱的作為不當，或是人緣不佳的關係，每次開會參加的人都非常的少，每次都流會，甚至連選會長時也是以流會收場，因此朱高正當了很久名存實亡的西區會長，一直到朱高正離開德國時還無法選新會長，後來朱高正祇好把西區印信文件交給副會長，而黯然的離開德國回台灣。因為朱高正操作不當，西區同鄉會名存實亡了好幾年。

24 盧森堡軟禁記

日子過得很快，我母親已來德國三個月了。天氣開始變冷，母親無法忍受德國的天氣，我只好為母親訂回台的機位，我因為店裡的工作無法送母親去機場，改由我太太帶小孩及母親去坐飛機，臨行時母親眼眶紅紅的向我說：「我回去了，你要注意身體，不要太過勞累哦！」母親的叮嚀是那麼的慈祥，讓我感動的忍不住淚水，我怕被母親發現，轉身走回店裡。

自從母親回台灣之後，我們夫婦又回到從前的忙碌，我的小孩又得自己一個人呆在房裡。母親在的時候，天天都看到小孩的歡笑，如今孩子的歡笑不見了，換來的是哭與鬧。有時候因工作繁忙而感到煩，有時候小孩的哭鬧得過份時還得挨打，這完全是生活的壓力使然。小孩出生在窮家庭是多麼的悲哀及不幸，有時候我打了小孩後抱著小孩一起哭的情形常有，就因為沒有能力讓我的小孩過好日子，因此我決定不再生第二個小孩。

我母親回台灣不久，接著就請我父親到德國玩，當時因怕我父親轉機不便，就決定讓我父親坐客貨兩用的盧森堡航空，由松山機場起飛直飛盧森堡，我直接到盧森堡接機，免去換機的麻煩。結果很不幸的飛機在印度被攔了下來，我父親從沒坐過飛機，頭一次坐飛機就遭受了驚怕。我及太太、小孩在盧森堡等著接機，而我父親卻被關在印度機場。我跑去航空公司詢問，得到的回答是，今天不會到，要等明天，我們無奈的去機場旅館住了一夜，隔天又去詢問飛機到達的時間，航空公司說還不知道，可能要等明天。我沒有辦法，因為我的盧森堡簽證只是單次的，而且我身上的錢又不多，旅館一天要二佰多馬克，我只好讓太太、小孩坐火車回德國，而由我一個人在盧森堡等，可節省開銷。

當天晚上我一個人去找一家小旅館住，第三天航空公司說目前不能確定飛機什麼時候到達，航空公司希望接機家屬留下聯絡電話回家等候消息。我向航空公司反應我的簽証是單次的，出了國境要再來必需重新簽證，而且我的護照要申請簽證最少要等一個月，航空公司的人員知道我的情況特別，但也無能為力，我只好再等下去，到了第六天才得知飛機將於隔天早上六點到達，我總共在盧森堡等了一個星期，也就是被軟禁了一個星期，盧森堡是非常小的地方，開車大約一個小時就可以走完全國大街小巷了。

25 短暫的天倫之樂

接到了父親後我很快的將行李搬上車，以最快的速度回到店裡，一路上父親因為暈車，看起來很累的樣子，我帶著父親上樓休息，父親對我說：「德國我已看到了，我已經離家一個星期了，明天我回家好了。」我向父親說：「您剛到就說要回家，不可以，您先休息，過幾天我帶您到處看看，還有柏林圍牆您一定要去參觀，才不虛此行。」我父親說：「是啊，我有聽人家說德國分成二個國家，中間用圍牆圍起來的，好，過幾天帶我去看看也好。」我父親可能太勞累了，竟然睡到隔天早晨才起床，我在睡眠中聽到有人走動的聲音，很快的醒來。我看到父親精神很好，就放心了。我問父親說：「阿爸，您從昨天下午睡到現在。肚子一定很餓的，您想吃什麼我去煮？」父親說：「在印度一個星期我什麼都沒吃，只吃蛋，印度機場的飯店盤碗非常的大，吃的東西祇一點點，而且那種味道很難聞，我不敢吃，現在最好是吃些稀飯。」我帶著父親到樓下餐廳，一邊煮稀飯一邊與父親話家常，煮好稀飯後再炒些小菜，我的小孩也起床到餐廳來，小孩看到就叫阿公，父親樂得合不攏嘴的抱起了小孩，我把早餐準備在餐桌上，讓祖孫二個一同吃早餐，一個很小，一個已老，這樣的鏡頭是很少有的，以前我母親在德國時，小孩整天跟著阿嬤，現在換我父親來，小孩也是一樣的跟著阿公，可見這小孩多麼渴望有人伴著他玩。

有一天祖孫兩人到外面散步時，碰到一位胖太太，那位胖太太向我父親乞討錢，我父親因聽不懂德文，沒去理那位胖太太，我的小孩就向那位太太說：「我們沒有錢，你要錢可以到銀行拿。」小孩子真是天真無比了，我站在門口看我的小孩在跟那位胖太太說話，我覺得好笑，也令我感到安慰，在沒有明燈的指引，而只在黑暗中摸索的小孩竟然能夠應變如流。我的小孩向那胖太太說完後，轉頭看到我站在門口，很快的跑到我旁邊來，並向我說：「爸爸那個人要向阿公乞討錢哦！」我抱起小孩說：「爸爸知道了，你好乖、好聰明哦！」我抱著小孩帶著父親到附近散步，老中小三代同路，享受著天倫之樂。

晚上我帶著父親坐夜車去柏林看圍牆，本來是想開車去。因為路途遙遠一個人開車太累，所以才選擇了坐火車，我買了兩張臥舖位子，夜晚起程到了柏林剛好天亮。出發前我連絡了當時柏林台灣同鄉會的會長黃瑞東同鄉，到了柏林黃瑞東開車到火車站接我們到黃宅用早餐，黃太太非常的熱情為我們準備了豐富的早餐，用完早餐時間已過了七點半了，我知道黃同鄉夫婦必需上班，我就帶著父親去坐市區一日遊的巴士，巴士到了圍牆區，我父親好奇的爬上觀望台，看東德那邊的動態，我在下面為我父親拍照留念，很不巧的照相機故障，沒有留下半張紀念照，非常可惜。當晚有同鄉請我們父子吃晚飯，飯後再到歐洲廣場逛，當夜黃瑞東同鄉送我們到火車站坐夜車回店裡，結束了柏林一日遊。車上我父親說：「柏林你也有那麼多朋友，而且朋友都那麼熱情的招待我們。」我說：「是啊，大家都是來自台灣，我們都是同鄉會認識的。」

一個月很快過去了，父親因為語言不通，加上我及太太工作繁忙，沒有人可以聊天，實在也太無聊了，我父親堅持回台灣，我也就不勉強的留父親再住下，而結束了短暫的天倫樂。

我父親搭的是盧森堡航空，當天我開車送父親到盧森堡機場去坐飛機，小孩吵著要跟阿公去機場，沒辦法只好讓小孩同行，到了機場辦好手續後，送父親進海關，請父親保重，我的小孩哭著要跟阿公回台灣，我抱起小孩，含著眼淚向父親揮別。

回程時小孩在車上一直吵著要回台灣看阿公、阿嬤，因為高速公路車很多，車速也很快，我怕小孩再鬧下去會有危險，我把車子開到路旁停下來，我連哄帶騙的抱著小孩跟著小孩哭了起來，是親情生離的痛苦流露，因為我也難卜何日能再見父母親。我知道短期內是不可能的，自從我參加同鄉會及參加了美麗島事件的遊行示威抗議後，我回台灣探親是遙遙無期的，因此我小孩的哭鬧正好刺到了我的痛處，哭過之後，小孩也累了，我擦乾小孩的眼淚也擦乾自己的眼淚，開車回店裡。

26 變調的聖誕曲

獨在異鄉為異客，每逢佳節倍思親。自從我自己開店做生意後每逢年節我就做些菜餚，邀請認識的同鄉，及來自台灣的留學生來我的店過節。聖誕節那晚我準備了豐盛的晚餐及香醇美酒，邀請離鄉背井的同鄉來慶祝，席間大家談的全是政治話題，統獨爭論不休，朱高正也因與同鄉們話不投機而借酒發瘋，其中一位李姓同鄉看不過去而與朱高正發生了衝突而大打出手，在眾多的同鄉勸架下才沒把事情鬧大，經過朱高正及李同鄉的打架，鬧得大家不歡而散。時間也已深夜，朱因不勝酒力，而走路顛來倒去，我怕朱出事情，就請朱高正到樓上房間休息，我扶朱上樓，朱進了房間衣服鞋也沒脫，就倒在床上睡了過去。

隔天早上李同鄉很早就到店裡來，這位李同鄉他的本名叫李敬元，曾經因花旗銀行爆炸案被國民政府冤枉而被關了很多年的冤獄，經過國際組織的救援才到了德國。我看李敬元那麼早就到店裡來可能是來找朱算帳的，我向李敬元說：「今天可不能再鬧事情了哦！」李敬元說：「不會的，真失禮昨晚喝太多了，讓聖誕夜變了調，我今天是來向朱道歉的。」我聽李這麼說才放心的帶他到朱的房間去看朱高正，當我打開房門時，一股臭氣衝了出來，我和李敬元進了房間一看差點昏倒，朱高正吐了滿地滿床滿身，枕頭上全是朱所吐的污穢物，沾滿了朱自己的頭髮，然而朱卻能睡得不省人事。李敬元叫醒了朱高正，朱醒來一看他自己的狼狽相很不好意思的說：「我哪會按呢？」我叫朱去洗澡，朱說：「我沒有帶衣服來。」李敬元說：「我回去拿我的衣服給你換，你先去浴室，我馬上回來。」說完，李很快的騎車回他住的學生宿舍去拿衣服，大約十分鐘李拿來了衣服到浴室給朱高正換，並幫忙清理朱高正弄髒了的房間。

清理完那間房間時間已快中午十二點了，當天因為是聖誕節的關係，所有的商店全部打烊不做生意，我到廚房隨便煮些東西給李敬元及朱高正吃，李敬元很有風度的向朱道歉，朱也向李道歉，兩人言好如初，吃完了東西，李帶著朱高正離開我的店，讓我清靜的過聖誕節。從朱高正酒醉鬧事後，往後的過年過節，我請同鄉過節不再提供烈酒，酒類祇有啤酒，有同鄉開玩笑的說：「這是朱高正條款。」

27 短暫的學習生涯

那家連帶旅館的餐廳我經營了約三年，種種因素讓我無法繼續經營下去，後來我把店轉讓出去，然後搬到大學中心，我租了一間公寓，搬好了新居後，我太太帶著小孩回台探親，我因參加過抗議遊行而不敢回台，所以自己留在德國，因為語言能力差，做生意很困難，因此我去大學中心的德語學院報名學德文，開始我學習德文的生涯，每天早上八點上課到下午五點下課，中間休息一個小時吃中飯，每星期五天，對我這個衹讀了小學六年級的人來說，實在是跟不上進度，剛開始覺得吃力，碰到不懂的地方我常去請教的是當時還在讀醫科的邱榮增。因為太太小孩回台探親，我孤單一個人，邱常留我吃晚飯。

經過六個月的學習生涯，我德文已稍有進步，本來我還想再讀下去，但因銀行戶頭裡錢已剩下不多了，現實的生活告訴我不賺錢不行了，六個月的學習雖然不是很長，但應付一般的會話已沒問題了，為了生活，我沒辦法再繼續上課。

我在附近小城市找了一家店作生意，開張那天我請了同鄉來聚餐，當時的許信良正在歐洲「落魄」，有位姓王的同鄉載許信良到我店裡來湊熱鬧，大家稱許信良為許縣長，許也與大家如同舊識的握手言歡，當晚也因許信良的到來，增加了許多話題，全是政治話題，很多留學生問了許信良有關美麗島事件起因，許信良回答時多少有些保留。其中有位留學生很不客氣的問許信良：「美麗島事件發生後，大家都留在台灣受難，為什麼只有你一個人能逃出台灣，你是逃避責任還是國民黨有人幫你，利用你到海外為國民政府做事，將來以功勞贖罪。」許信良聽了臉色大變，很不高興的向那位學生說：「胡說八道。」王同鄉看情形不對，就起身說：「時間不早了，我還要開好幾個鐘頭的車。」拉著許信良說：「我們走吧！」我送許信良及王同鄉到門口，結束了那不很愉快的一晚。

隔天餐廳正式營業，剛開始有幾位學生幫忙跑堂，我有時幫廚房，有時幫外面，第一個星期生意非常好，不知什麼原因，生意一天不如一天，工作人員看情形不對，一個個辭職走了，最後祇剩下我們夫婦兩人，生意一直作不起來，幾個月下來我吃不消了，我準備向房東解約，但房東要求賠償一萬馬克的違約金，我正傷腦筋之時，突然有如天助我般的來了一位華人說要買我的餐館，我喜出望外的將店裡的設備以三分之一的價錢賠賣出去，我不但有了些資金，更不必賠償房東，可說時來運轉。

28 同鄉會復活記

在我順利的將餐館的事情處理完不久，我又在大學中心找到了一家店，並順利的向啤酒公司貸款來裝璜店面，不多久餐館開張，生意非常的好，沒多久就把向朋友借的錢還清，因為工作繁忙，我跟本沒時間出門花錢，除了工作就是睡覺，一個星期工作七天，每天工作十五個小時以上，工作的幸苦可想而知。

過了一年我累積了些錢，經由銀行人員的介紹，我開始做起股票，在股票市場我賺了不少錢，運氣也愈來愈好，我已有能力來幫助別人了。回想起過去受同鄉會的照顧，現在我應該回饋同鄉會的時候了，因此我召集過去的同鄉會員到我店裡來商量西區同鄉會的復會事宜。因德國西區台灣同鄉會在朱高正任會長後就沒有辦過活動，朱高正學成回台灣時也沒有正式的交接，同鄉會等於名存實亡，當我打電話給老會員，希望同鄉會重新復會時，大家都很贊成。而我也在那個時候取得了德國國籍（說取得是好聽，應該是說買到了德國籍，因為我要付幾千馬克給德國政府，所以應該是買到了德國國籍）。

同鄉會經過幾次在我店裡的討論後，決定復會，第一次的復會大家一致推舉蔡義宏博士任復會的會長，而財務長則由我出任。因復會時同鄉會沒有一分錢，所以開會時所有的開銷全部由我支持，我並負責全部的食物、飲料的購買，部份留學生幫忙料理，每年大約四次至五次的集會，所用的食物都由我向一家批發商購買，而帳單上面就只寫私人所需，並沒有登記抬頭，我並不清楚那家批發商到底稿些什麼名堂，每次只要同鄉會聚會或我私人宴客，也就多以「私人所需」的帳單付款，經過同鄉的努力，同鄉會復會後，會務蒸蒸日上，有聲有色，人數有時近百人參加與會。

29 為林俊義募款

當時的德國同鄉會西區分會可說是鼎盛時期，不管是全歐同鄉會或全德同鄉會，都要找西區同鄉去當會長，有一次全歐同鄉會要在巴黎加開年會，西區同鄉會也召集了一批人馬前去法國巴黎參加開會，大家約好以我的餐館做為集合點，然後分配座車去巴黎，不料，當天清晨我的餐館遭小偷，門窗被破壞，我正報警處理，警察作完筆錄走了，而留下被破壞的門窗，我因要去法國開同鄉會，也無法找工人來修理，有位同鄉建議，臨時先用木板釘牢，以防君子，等從法國回來再修理，而且後窗也不妨礙作生意，因時間的關係祇好接受建議，經幾位同鄉的幫忙，找來幾片木板，很快的就釘好了被破壞的門窗，當時的西區會長林立也因幫忙而割破了手指頭，本來是遭小偷而已，演變成（流血）事件，因此而耽誤了些時間。

十多位同鄉分坐三部車子上路，公路上車子不多，我們三部車子跟得很好，到達法國巴黎天色已有點暗，黃昏的夕陽有如殘敗的燭光般，漸漸的失去光亮，停好車子，大家提著簡單的行李到會場報到，一進會場我看到很多久未見面的老同鄉，有來自奧國的同鄉，有來自比利時的，及德國其他分區的同鄉法國同鄉更不必說了，服務人員全是法國區的同鄉會員，招待非常的週到，讓人有著賓至如歸的親切感。

第一晚因很多同鄉已很久不見了，再次相逢大家聊的很起勁，聊到很晚才去睡覺，隔天起床後，用完早餐後進入會場，參與大會，當時因台灣正要辦立法委員的選舉，而東海大學有位教授叫林俊義要出來參選立法委員，林俊義當時是以環保議題作為選舉訴求，林寫過很多有關環境保護的書，有位東海大學姓胡的教授拜託邱榮增能在全歐同鄉會幫林俊義募款，德國西區會長林立也向全歐會長何康美請求給五分鐘的時間讓邱上台報告，起先何康美不肯，所以德國西區也就不準備報告有關林俊義募款事情，然而到了大會快要休息前何康美才臨時通知西區同鄉，大會給西區五分鐘作募款報告。當時邱榮增很不爽的說：「算了我不報告，誰要報告就讓誰去說。」西區會長林立也不願意上台，林會長就把募款的事推給我去作報告，我沒有準備臨時被點名，只好勉強接受上台報告。我上台就說：「其實要募款應該到美國去募比較容易，到歐洲來募款是最沒有效果的，歐洲同鄉都是小康而已，就如老鼠尾巴生瘡，擠不出膿來，就是有膿也不多。」同鄉聽了大家哈哈大笑。休息時有些同鄉就自動的來找我捐款給林俊義，那次的募款共募得後大約四仟馬克左右，而我自己也捐出三仟馬克，總共七仟多馬克，我把錢很快的寄回台灣給林俊義。

過了不久，每位捐款者都有收到林俊義全集一套。

30 回台灣參加世台會

隔年我與邱榮增約好回台灣參加世台會，當時會場設在台中通豪飯店，參加人數很多，我和邱榮增分配在同一間房間，第一天開完會就在通豪飯店用餐，其中有一道菜餚不乾淨，有吃到那道菜的人全部上吐下瀉，很不幸的我也是其中之一，我用完晚餐經過大約三個小時後就開始拉肚子，整晚無法安眠，廁所跑到無法數，跑完廁所後回到床上睡覺，沒幾分鐘又鬧肚子，來不及上廁所而拉到褲子，我所攜帶的五件內褲全被污染，洗好沒乾也拿來穿，沒有辦法，穿濕內褲是非常的不舒服，天還未亮我告訴邱榮增要去看醫生，當我走出房間，來到飯店大廳時我看到已經很多人在討論食物中毒的事，有人提議先去看醫生，我也就跟著大家一起去一家診所打點滴，那家診所收費不便宜，每人付一千二佰元的醫療費用，回到飯店有人向警方報案，衛生局也有人員到飯店採樣回去化驗，衛生局的人員也拿了二根棉花棒要我插入肛門後拉出來裝入一個塑膠盒，讓他們帶回化驗，我因為拉了很多次，有些脫水現象，身體非常的虛弱，經過打針後回旅館休息，其餘的議程也就無法參與了。

世台會閉幕後我拖著虛弱的身軀與邱榮增坐公路局回南部，臨行前主辦單位來向中毒生病的人要連絡地址，並說要向通豪飯店申請理賠，等理賠金下來後會通知每位受害者，當時是交由住於台中的一位叫何敏豪先生處理，後來事情的發展我不得而知。回到南部住了一晚，隔天仍感不適，又到醫院打了針，下午就到桃園機場搭機回德國，結束了那要命的世台會的行程。

31 查稅記（納粹復活）

一九九〇年元月九日，早上九點不到，我和太太尚在睡眠中，突然門鈴大響，而且又響了很久，我在睡夢中被吵醒了，當時我很不高興的起床，走到對講機前大聲的問：「誰？」。對講機傳來對方說開門的聲音。我再問：「你是住這裡的嗎？」對方沒回答。我心想可能又是惡作劇，因我住的大樓的門鈴上有住戶的名字，那棟大樓共有七十多戶人家，每戶的名字都是很多個英文字母所組成，而我姓吳，英文字母祇有二個，因此常常引來好奇者的惡作劇，有的還會編歌詞來嘲笑我的姓，而且還非常的押韻。

我看看時間已快九點了，我就到浴室去，剛拿起牙刷，門鈴又響了，一時火氣大發，也顧不到只穿內衣，衝出浴室開門正要開口罵人，結果一看情形不對，門前站著六位彪形大漢，把門堵住，我開始有點緊張，心裡想著應該是來搶劫的，我正想如何應付時，其中一位自我介紹是檢察官，並拿給我看法院的搜索令，然後告訴我說是經濟調查，我聽是檢察官，就安心多了，我向檢察官說：「等一下，我穿一件衣服。」檢察官說：「不可以。」六個大漢動作很快的進到屋裡。我太太也因聽到經濟調查馬上從床上跳起來，也只穿睡衣，我再度的要求檢察官讓我及太太穿件衣服。檢察官不理我的請求，更怒目以視的大聲說：「不可以。」並限制我及太太的行動。等到那些大漢全部站好位子後，檢察官才准我們去穿衣服，當我從浴室換好衣服出來時，我差點被氣死，那些大漢把每個房間翻得亂七八糟，所有的箱子全部倒在地上，櫃子全部打開，抽屜全部離開桌子，看來如同世界末日，我心裡想著：「這些人與土匪有什麼差別，難道德國的納粹復活了？」，我走到睡房看到一個可能心理變態吧，那人什麼不去查，只查內褲及女用衛生綿，把衣櫃的內衣褲一條條的拿來看，而且還拿去聞聞看，那位直到看到我站在房間前才收回變態的動作，當那些大漢把每個角落全找過，查過之後，有一位大漢向領隊的檢察官說：「什麼也沒找到。」我問那檢察官說：「你們要找什麼請告訴我，也許我可以幫忙，你們把我的房子翻成這樣叫我怎麼辦？」檢察官說：「這是你的事情，我們正在辦案。」

過了大約一個小時後，那些官員把我家裡的檔案裝箱帶走，連我每天營業用的錢箱也要帶走，經過我苦苦的哀求，一位檢察官說：「錢會留下，但我們要先清點。」其中一位官員命令我：「現在去你的車庫。」我帶著二位去到車庫之後，官員命令我把車門打開，其中一位說：「你開這麼好的車子，沒有逃稅實在難以相信。」另一位官員向說話的人作個手勢，意思是叫那位不要說話，我把兩部車的門全打開，讓官員去查，結果什麼也沒有發現，過了大約十分鐘，一位官員說：「你可以關車門了，現在到你的餐廳去。」我順從指揮的帶著那二位官員往餐廳的方向走去。路上我碰到一位德國鄰居，德國鄰居問我發生什麼事。我說：「不知道。」而其中一位官員卻說：「逃稅。」我就問那位官員說：「你查到了嗎？」那位官員扮個鬼臉聳聳肩，不再說話了。

我帶著官員走到餐廳前時，發現餐廳門前已經有二位我不認識的人等著我去開門，我沒去理會那二個人的身份，很快的先把門打開，三四位彪形大漢魚貫的進到店裡，動作非常的快，開始翻箱倒櫃的工作，一位官員先去紙屑桶裡撿起我向客人結帳的單子，並問我說：「這些單子你有沒有寫在帳本裡。」我拿出帳本來，很詳細的指給官員核對，經過官員的核對後，我問官員：「有沒有問題？」官員說：「沒有問題了。」其他的官員把所有的櫃子全查過，同樣的也沒有找到什麼。檢察官轉而向我搜身，並命令我將身上的衣褲袋子全部翻出來，皮包裡的證件全都倒出來供他們檢查，我按官員的命令去作，結果檢察官把我所有的證件及朋友的名片全部扣押，在餐廳搜查了近一個小時，拿走了二箱進貨單，然後回到我的住家。

在我住家搜查的官員也同樣的不分青紅皂白的裝了四大箱我私人的東西要帶走，並寫了一張收據要我簽字。我向官員反應說：「你拿了我的東西，又要我簽字。我可不可以看看裡面是什麼東西。」官員說：「我叫你簽字你就簽字，你不必看。」我向檢察官說：「與稅無關的東西請不要帶走。」並指著箱子說：「那包是我的胃藥，那是我孩子的成績單，那些東西與稅務無關呀，為什麼要拿走呢？」其中一位官員很兇的說：「你的電視、鋼琴、音響等等怎麼來的？」另外一位官員接著說：「我們找到了一萬多馬克的現金，那就是你逃稅的證據，我們也要把那些錢也帶走。」我很生氣的指著每日的報表給那位官員看，並告訴官員：「這些錢是飯店這星期的收入，帳目很清楚，那些錢明天要存入銀行付房租的。」我正與那位官員為那些現金堅持不下，一位檢察官走過來看，我將情況再度向檢察官說明，並將報表拿給檢察官看，檢察官看後向那位官員（搶錢的官員）說：「錢不必帶走。」那位搶錢的官員才放手，但卻很不高興的將那些錢往地下一丟，錢散在地上，我無可奈何的忍氣吞聲的去撿鈔票，但因檢察官要求我跟官員們一同到法院去一趟，因此我很快的將鈔票亂七八糟的丟在一個盒子裡，我沒有時間將它整理，更沒有時間去算那些錢。

我走出房間看不到那些官員，也看不到我的東西，原來那些東西已被那些土匪般的官員給搶走了，我對著一位檢察官說：「你們是在欺負人，不是在辦案。」檢察官威脅的說：「你不必多言，現在你可以請三位律師。」我生氣的告訴檢察官說：「我沒有犯罪，不必找律師，我也不認識律師。」檢察官氣勢凌人的說：「那是你的權利，你不找律師那就跟我們一起到法院去。」我向檢察官說：「我現在沒有時間，如果我一定要去法院是否可以另訂個時間。」檢察官說：「不可以，你現在必需跟我去法院，否則我就命令警察來用押的，到時候你會很難看哦！」我再問檢察官：「我犯了什麼罪，為什麼你們要這樣的欺侮我呢？」檢察官突然很大聲的叫著：「跟我到法院去，有話到那邊再說。」我被那突來的大吼叫給嚇住了，我乖乖的跟著一群土匪般的官員到法院去，路上我想著剛才那一幕，有如搶劫一般的恐怖景象，我全身顫抖著，顫抖不是因天氣的冷，而是因為官員的恐怖行為，過去我常聽說納粹有多麼恐怖，我總是半信半疑的，這回發生在我身上了，我才瞭解到、體會到納粹的恐怖真相，雖然德國已走上了民主時代，但檢察體系從沒讓那納粹的精神消失過，那種恐怖氣氛是難以筆墨來形容的。

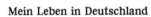

32 恐怖的偵訊

當車子到達法院時，檢察官及隨行官員先到地下室法院餐廳去吃中飯，我被限制跟著官員走，當官員們吃飯時我祇能站在一旁等著。自從早上被折磨到現在我沒吃沒喝的，看著官員們大口大口的吃著，我有點難受，口渴得直吞口水，一直等到官員們吃完飯後，檢察官叫二位隨行人員帶著我到樓上去，到了樓上的偵查室。到了偵查室，二位官員叫我在偵查室等候，然後把門關上，祇留下我一個人在偵查室裡，我又餓又渴，又掛心店裡的工作，當時的我心亂如麻，生不如死，心裡想著不偷不搶，也沒作姦犯科，為什麼那些有如土匪般的官員要把我關在這裡。是不是因為我是外國人，是不是因為我德文說不好，是不是因為我銀行裡存了太多錢而受到嫉妒，等等的問號湧上心頭，我無法找到答案。

當我正很吃力的思索著時，突然偵訊室的門打開來，檢察官及稅局人員魚貫的走進偵訊室，我看那麼多人，心裡開始害怕著，手腳發抖，當官員們都坐定之後，檢察官開口問我一些有關簡歷，其中一句德文我不懂，我便向檢察官說：「你剛剛說的那一句我不懂什麼意思。」檢察官不耐煩的說：「本院已為你準備了一位翻譯員，等一下就到，你先回答你懂的那部份，你可以聘請三位律師。」我答說：「我沒犯法，不必律師，要問什麼就請問，祇要我懂的，我會誠實的告訴你們。」就在此時來了一位官員，帶了一位年輕的德國人，那位官員向檢察官說明年輕人的來意，檢察官問了那位年輕人一些話後，就向我介紹說：」這位是來為你做翻譯的，你先與他談談，用中文談。」我按檢察官的命令與那位德國年輕人交談了一會兒，我得知那位年輕人的中文懂得並不多，我為了不讓那位年輕的德國人沒面子，而且學生也需要賺錢，所以我就向檢察官說：「可以啦。」那位年輕人很高興的笑笑，檢察官就開始偵訊工作。

首先檢察官告訴我說：「你們亞洲人的性格與我們歐洲人差別很大，我知道亞洲人奸詐無比，我希望你能實話實說（加重語氣），否則我會把你關起來，你懂嗎？」我回答：「你請問吧，我一定說實話，亞洲人祇說實話。」檢察官問我：「你餐廳用的貨物食品從什麼地方買來的？」我一一的交代清楚，並告訴檢方：「如果不相信，請查本人每個月的帳單，所有的帳單全部被你們扣押了，我也沒辦法造假。」檢察官話鋒一轉，以那種震懾人心的語氣說：「有人說你到一家叫尼格曼的公司購買貨物，用沒有抬頭的帳單逃稅你如何解說。」我被那突然而來的吼叫聲給嚇壞了，我帶點顫抖的回答說：「我確實有去那家公司購買沒有抬頭的帳單的食物，但那不是給餐廳用的，而是自己吃的海產，數量很少，以及我們台灣同鄉會集會時的食物，還有朋友託買的，都是少量。」我把大約的數字說給檢察官聽。檢察官聽完用更大聲的音量向我吼叫著說：「我給你三分鐘的時間考慮，把實情全部說出來，如果你不說實話，我馬上就把你收押，我這裡有資料，你買了多少我們很清楚。」我當時更感到莫名其妙，心裡暗罵那位檢察官變態。我向檢察官說：「你有資料就請你核對一下，我剛才所說的與你的資料是否吻合，你何必要那麼大聲呢？」檢察官經我這一說，他更生氣的拍著桌面，而對著我怒目以視，並發出恐怖的怒叫。

當時的我可以說心驚膽跳，心裡想，說了實說不但無法得到檢方的採信，反而讓官員發更大的脾氣，也許我會被坐於兩旁的官員刑求一番也不一定。我全身發抖，心跳加快，口乾舌燥，當時的那種恐怖場面，也許可以比美電影裡那黑社會頭子帶著手下為非作歹來形容也不為過。

經過近一個小時的偵訊後，檢察官叫書記小姐打字時特別將我所說的「確實有去買沒有抬頭的帳單的貨物」打字到偵訊書裡，而後面我所說的不是店裡用的，而是自己吃的及同鄉會集會用的，全部有意的漏掉。雖然我曾要求把我所說的一字不漏的寫進偵訊書裡，但檢察官不理我的要求，並告訴我說：「你一定要找律師，不然我們無法進行。」我向檢察官說：「我不認識律師，而且我也沒有犯法，為什麼要找律師？」檢察官說：「你可以打電話給你的會計師，請會計師幫你找呀。」我還沒有答應，檢察官已與我的會計師通電話了，並把電話交給我，我接過電話來與會計師商談，會計師在電話裡告訴我說：「找位律師對你比較好，因為法律你不懂，有位律師在旁可以幫你注意法律問題。」經過會計師的說明，我才同意，並拜託我的會計師幫我找律師。然而會計師說：「我也不知道該找誰？」檢察官在旁聽到會計師說不知道該找誰時，很快的就向我的會計師推薦本市的律師公會主席，並要我的會計師打電話去問。會計師在電話裡問我：「找律師公會主席的好不好？」我答說：「你決定就可以了。」

掛了電話，大約過了五分鐘會計師打電話進偵訊室，並告知那位律師公會主席要親自來接這份工作，檢察官聽說律師公會主席要來馬上退出偵訊室。我問另外一位官員說：「現在等律師我可以上廁所嗎？」官員說：「可以，但不可以跑掉哦！」

當我從廁所回到偵訊室時，發現剛才那位檢察官已換了另外一位叫Koch的檢察官了，這位是早上在我餐廳翻箱倒櫃的那位，身高約一百九十公分，體重最少一百五十公斤的彪形大漢。檢察官看我進到偵訊室，開口就問：「姓吳的你有沒有將你的生意額少報？」態度之惡劣，我實在無法舉例來形容，我也祇能誠實回答：「沒有那回事。」並反問：「今天早上你到我的店裡搜查時，在紙屑桶裡撿起我向客人結帳的紙條來，我已經很詳細的將帳簿指給你看過了，你忘了嗎？」檢察官很兇惡的用食指指著我大聲的說：「有人說你買黑貨逃稅，你做何解說呢？」我回答說：「這問題剛才那位檢察官已問過了，我也交代清楚了。」檢察官聽完我的回答後，很大聲的拍著桌子說：「現在是我在偵訊，你要回答我的問題，否則我就把你關起來，你聽清楚了嗎？」檢察官以恐嚇的語氣逼我承認我沒作的罪名，我幾近的哀求說：「拜託你不要害我，要加罪於我也要拿出證據來。」我咬著牙暗罵著檢察官，他明明知道我是清白的卻還這樣子整我，這社會還有天理嗎？

33 公權暴力

這時候來了一位年紀差不多六十多歲的老先生，此人腦滿腸肥，走路很慢，大概是太肥胖吧？喘得很厲害。檢察官先與那位老先生打招呼之後，兩人一起到別的房間去密談了大約十分鐘後回到偵訊室，檢察官才將這位老先生介紹給我認識，我才得知老先生是位律師（看來這位老律師與檢察官很熟），檢察官要我到室外與那位老律師談談，我聽從命令的跟著老律師到室外走廊去。老律師開口對我說：「我來幫你，但你要全部說實話，否則會很麻煩。」我回答說：「是的，我剛才對檢察官所說的全部實話，可是檢察官不相信。」我再把剛才向檢察官說的話向律師陳述一番，然後問律師說：「檢察官說手中有我的全部資料，是否請檢方比對我所說的話是否實在，事情不就明白了，檢察官又何必大吼大叫，而且稅局官員還推我，讓我產生無比的恐懼。」律師說：「我不知道檢方是否會去比對資料，不過你說你買私人吃的怎麼買那麼多？」我問律師說：「到底是多少，我買私人用的及我們同鄉會集會用的，還有朋友託買的全部數字也就是我剛才向檢方所說的，如果說比我說的還多，那就不對了，那是否請檢察官將資料比對後再提出問題，我決對實實在在的交代清楚。」律師說：「我可以問問檢察官，但是我警告你，一定要說實話，否則我無法幫你忙的。」律師說完之後，拿出一張委託書要我簽字，並告訴我說：「費用一仟馬克。」我接過來簽下字後回到偵訊室。

偵訊室又換了第一次偵訊的那位冷血檢察官，當我與律師坐好位子後，那位殺氣很重的檢察官先向律師用開玩笑的口吻說些廢話，帶著笑話，說完廢話轉身向我，面帶惡相，手指頭指著我問些不關痛癢的事。那位檢察官變臉之快可比美川劇之變臉技術，如果讓那位檢察官來演戲的話一定是位名演員。檢察官一次又一次的重覆的問，我一次又一次的重覆的回答，了無新意，檢察官最後問我說：「你剛才所說的，要不要修改，要不要補充？」我被問得有點煩的回答說：「不需要改，也沒什麼好補充的。」時間已過了四點多了。我從早上被吵醒到現在已超過八個多小時，我沒水可喝，也沒吃過食物，肚子餓得咕嚕咕嚕叫，但我還得忍受，什麼時候才能喝到水，我不得而知。

檢察官在問不出他們所需要的口供下向律師說：「今天到此為止，明天再問。」律師沒說話，檢察官對著我說：「你不說實話，那我們只好叫警察來帶你去拘留所。」隨即拿起電話聯絡警察。我向檢察官說：「我已實話實說了，再說你們可以比對資料，是否與我所說的吻合，為什麼你們不作比對，就認定我沒說實話，我拜託你們今天讓我回家，因為明天我的孩子要考試，如果我沒回家，我的小孩無法安心讀書，明天的考試就無法考好。」我幾近哀求的向檢察官說：「你們沒有證據能證明我有犯罪，就這樣押我，對我的家庭傷害很大，我生意可以不要做，我銀行裡的錢全部給你們，我所有的家產全部給你們充公，只請求讓我回家，我唯一的希望我的孩子能夠安心讀書，讓我的小孩能夠正常的參加考試就行了，明天早上我會按你們的要求來應訊。」檢察官說：「你閉嘴，你的小孩不關我的事，我有權扣押你，不需要證據，尤其是你們亞洲人，作奸犯罪的都是你們亞洲人，販毒、逃稅全是你們亞洲人所為。」我聽了檢察官這麼說，氣得想拿起椅子丟過去，但椅子卻被旁邊二位官員用腳踩著，嘴裡用台語罵著：「幹伊娘，禽獸！」我的行為是有點過度，實在是被激怒所反應出來動作。檢察官看我生氣的樣子就向律師說：「你看他生氣了。」律師也站起來用手拍拍我的肩說：「不要生氣，只一個晚上很快就過去了，你現在可以打電話回家告訴你的家人。」我很無奈的打電話回家告訴太太，並騙太太說：「我們的帳單很多要全部核對完才能回去，可能要工作到明天中午，你放心沒什麼事情，叫小孩好好的讀書。」

掛了電話不久，來了兩位全副武裝的警察，其中一位辦理移交簽字，另外一位向我搜身，辦好手續後，警察要帶我走。我向檢察官抗議說：「今天到現在我沒吃、沒喝，我現在又餓又渴，你們太沒人性了！這不是辦案，這是公權暴力。」檢察官看我抗議，很大聲的命令兩位警察押走我，在沒有反抗的被兩位警察押入警車，直駛拘留所。

34 拘留所的一夜

到達拘留所已五點多了，拘留所的工作人員命令我把所有的東西點交給他們，包括皮帶、手錶、外套、皮鞋及皮包、鈔票，折磨了近一個小時，才按拘留所的要求寫完清單交差。當時我因飢渴過度，臉色蒼白，拘留所的人員以為我生病了，問我要不要緊，我告訴拘留所的人員說：「今天我尚未喝過一滴水，也沒有吃過一點食物，我現在又餓又渴，請問這裡能夠買吃的東西嗎？」工作人員說：「這裡只有罐頭湯你吃嗎？一罐五馬克，汽水一瓶一馬克。「當時我已餓得站不起來，全身發抖，也管不了好壞，就請他們拿來。工作人員馬工打電話進廚房，等了差不多十分鐘，來了一位中年婦女拿了一瓶水及一碗湯加一片麵包給我，我接過來還沒說謝謝，迫不及待的整瓶水全部進了肚，喝完了那瓶水之後才向那位婦女說謝謝，並請她再給我一瓶水。在那婦人去取水時我也把那碗湯及麵包吃得精光，雖然那些食物很不合口味，當時實在是飢渴過度，我還是把它當山珍海味吃完。第二瓶水拿來時，我只喝了一半，工作人員看我已吃完了東西，就命令我到拘留房去，我拿了那沒喝完的半瓶水要進去。工作人員說：「瓶子不可以帶進去。」大概是安全考量吧？我回說：「瓶子還有水。」工作人員拿了一個紙杯給我，要我把水倒進杯子裡，倒完工作人員把瓶子收走，我順便拿了二本過期的雜誌進房間。

進了拘留間，我觀看著這回方形的空間，除了鐵門有個小洞之外，全是水泥牆，牆上貼著一層厚厚的海綿，靠牆有個水泥床，可坐可躺。我把帶進來的雜誌往地下一丟，把剛才沒喝完的那杯水放好，我躺在冰冷的水泥板上。一邊想著，店裡這個時候應該是很忙吧，小孩的功課不知道作了沒，又想起那恐怖檢察官的嘴臉，一幕幕的令我感到害怕及憂心，當時的我心情很亂，再回想起早上被那些官員們無比的侮辱，更令我厭惡德國的生活，我下定了決心，我一定要打官司，不管官司打贏或打輸，只要官司結束我就要離開德國，我咬牙切齒的暗罵著那些只會欺負善良的混蛋官員。

時間過了一個多小時，我突然感到尿急，我按鈴請工作人員允許我去小便。工作人員不久來問我按鈴做什麼，我向工作人員表示尿急，工作人員把門打開帶我去廁所，而且一直跟在我後面，一直看著我。我向工作人員說：

「你一直看著我，我尿不出來。」工作人員說：「你慢慢就會適應啦！」很久我才解完小便，再回到拘留房裡，我拿起那過期的雜誌來翻，時間又過了一個多小時，可能剛才喝了太多水吧，我又開始尿急，我又再度的去按鈴，這回等了十多分鐘沒人來開門，我不敢再按鈴，因為我怕被工作人員罵，我急的沒辦法，只好把小便解入那紙杯裡，杯子裝得滿滿的尿，差點就溢出紙杯，解完尿後，我再躺回那冰冷的水泥板。

舊雜誌翻了又翻，不知道過了多久我又尿急，這回可沒杯子可裝尿了，我一定要上廁所解決，我不再不好意思，也不再怕被罵，就去按鈴，等了十多分鐘沒人來，我急得如鍋上螞蟻一般的走來走去，心裡想如果不來開門怎麼辦呢？我再按第二次鈴，我因快忍不住了，所以我把鈴按的長點時間，不久來了一位工作人員，那位工作人員很不高興的罵我說：「現在是深夜你知道嗎？你不睡覺也不能去吵別人呀！你按鈴幹什麼？」我一邊跳著一邊向工作人員說：「對不起，我必需上廁所。」工作人員把門打開很不友善的說：「快一點。」我向工作人員說：「謝謝。」回頭去端那杯尿去倒。工作人員問我：「那是什麼？」我回答說：「是尿。」我很快的到達廁所，工作人員沒有跟在後面，我很快的解完尿再度回到居留房，我問那位工作人員：「現在幾點？」工作人員沒理我，就把房門關上，然後隔著門很不耐煩的說：「快二點了。」後面又加了一句混蛋，但聲音很小。再度回到那沒有一點能令人回味的冰冷房間裡，我再繼續那無聊的翻閱，就靠那兩本過期的雜誌，渡過了那漫長的十多個鐘頭，我沒瞌過眼。

早上不知道幾點，工作人員從那小洞推進來一片薄薄的黑色麵包，及一杯清水，並大聲說：「好吃的早餐來了。我走近門旁拿清水來喝，黑麵包我沒去動它，我邊喝水邊想著，德國拘留所的伙食這麼差，那監獄一定不會好到那裡去，監獄裡的犯人一定很悲哀，過了十多分鐘，來了一位警察叫我到另外的房間去拍照（留念）。我感到不解，進了房間才知道是要拍犯人照，胸前還貼著號碼牌，並按下指紋，手指一隻不漏的全部印在一張格式紙上，我莫名其妙的被那位警察先生「玩」了差不多半個小時之久才結束。

回到拘留所的辦公室，領回昨天點交給工作人員的財物，扣除昨天來時所吃的、喝的費用七馬克，其餘的全數還給我。領完後來了兩位警察帶我去坐警車，這警車比較特別，前座是兩位員警的位子，後廂隔成六間，每個位子用鐵條隔開並上鎖。我心想，這樣的車子，坐進去如發生車禍那一定死在「包廂」裡，雖然我很怕不願坐進去，但形勢比人強，警員硬從後面把我推進去，上了鎖，車子上路了，我卻心驚膽跳，當車子進入法院的停車場，我看到了昨天那位律師以及年青的翻譯員和那位冷血檢察官正在交談，警員將我交給了法院的工作人員，那位工作人員帶我到法院的拘留室裡，我一看，此地的拘留室比昨天的好多了，這裡有廁所也有水，昨晚那地方什麼都沒有，連小便也得按鈴等人來「帶出場」，這裡方便多了。

35 律師的陷阱

在法院的拘留室我聽到檢察官和律師的談話，律師問檢察官有沒有找到證據，檢察官說很奇怪找不到證據等等。我心裡暗罵著檢察官，我沒有做的事情當然是找不到證據。等到快十一點，來了一位法警，帶我到新的偵訊室去，首先到偵訊室來看我的是那位滿腦腸肥的律師，他一進來就問我說：「吳先生，你想不想回家？」我答說：「我當然想回家，請問我到底犯了什麼罪，必需被收押？」律師說：「是逃稅。」我再問律師：「有沒有直接的證據，稅我不懂，所有關於稅的問題我全部交由會計師處理，如果有問題也要請我的會計師來說明。」律師說：「目前還沒有直接的證據，但是有人提到你到某家公司去買沒有抬頭的貨物逃稅，你要承認，否則你就無法回去。」我生氣的向律師抗議說：「我沒做的事要我如何承認？」律師說：「你先承認一些，你就可以離開這裡，你出去了以後我再幫你想辦法解決，你應該不會有事情的，如果你不承認一些，檢察官會把你收押到全部查清楚之後，才會放你出去。」我不解的再問律師：「那檢方要查多久，才能查清楚？」律師裝糊塗的說：「我也不知道，也許四個星期，也許六個星期，二個月也說不定。」我聽到也許二個月，腿都軟了，有點承受不了的問律師：「如果我承認，檢方就會放我回家，而不會有問題嗎？」律師的臉有點喜悅，嘴角微笑的說：「我可以保證只要你承認，今天你就可以回家，而且你不會有事的。」我有點疑慮的問律師：「那我該如何承認？」律師教我一些應付的原則後說：「等一下檢察官來偵訊時，你只要說是，其他的我幫你回答，等你出去後，我幫你找理由，你不會有事的。」我不能理解為什麼律師要我說不實的話，我瞪著律師問：「你是在幫我，還是在害我？剛才我在拘留室等的時候，我有聽到你跟檢察官說沒有問題我幫你處理，你現在要我說假話，要我承認我沒做的事情，你是不是在幫檢察官辦案，陷害小市民。」律師有些驚訝的說：「不是，你要相信我，你不會有事的，如果我沒有幫你，你就得關在這裡不能回家，你就照我剛才說的去回答，其他的問題我幫你回答好不好？」經律師一再的要求，我別無他法，只好同意律師的要求。律師看我點頭後，拍拍我的肩膀走出偵訊室。

我已明白到事情的發展已對我非常的不利，但如果要回家也只能按律師的劇本演，否則不可能離開這裡，無法脫離那些冷血動物的魔掌。

過了約十多分鐘，律師與檢察官，稅局人員以及打字小姐，和翻譯員，我見了翻譯員就問：「你剛才為什麼不進來翻譯？」年輕的翻譯員說：「檢察官要我在外面等的。」我心裡暗罵著，原來是檢察官和律師所設的陷阱，為了防止他們惡劣的行徑被發現，所以才叫翻譯員出去。

當每位各就各位後，檢察官開始取口供，並交代打字小姐一字不可漏的寫進偵訊書裡，所有的問與答都是按律師的劇本演，很快的就演完那劇本，檢察官很難得的露出了笑容，並把那劇本全部讀了一遍之後再問我：「姓吳的，你有沒有在營業額裡少報收入？」這一段剛才律師沒有教的，我只好說實話，我回答說：「沒有，你可以問你的同事Koch先生，他昨天到我的餐廳搜查時，在紙屑桶裡撿起我向客人結帳的單子，問我有沒有登記，我很詳細的指給Koch先生看過了，不相信你可以去問你的同事，現在就問。」檢察官馬上翻臉的說：「這不可能的。」並問律師說：「你有沒有跟姓吳的談過這一點？」律師笑著說：「這點沒談到。」檢察官說：「這樣好了，你再跟姓吳的談談，給你們十五分鐘的時間。」並叫大伙全部退出偵訊室，只留下我和律師。我要求翻譯員也留下，但檢察官說：「你德文說得不錯，不必翻譯員啦！」心想你們這些混帳豬，不讓翻譯員在場，是以防萬一。

當偵訊室裡只剩下我及律師時，律師又開始用剛才的手段對我說：「你要回家嗎？」「你關在這裡對你不好啦！回家你可以做生意可以玩股票，也可以照顧到你的小孩，等等。」都是要逼我說出不實的口供，好讓檢察官能夠交差，我很生氣的對律師說：「我不再做不實的口供，我無法再接受你的意見。」律師有點急的說：「那你今天就不能回家喔！」我很不高興的告訴律師說：「這樣好啦，等一下檢察官來問話時，就由你作答，你認為怎麼答比較好，就由你代答，我不說話。」律師高興的說：「好，就這樣決定。」

過了十五分鐘，檢察官等一伙人魚貫的進到偵訊室，開始剛才沒問完的假口供，從那時起所有檢方所要的口供由律師作答，當時我聽律師向檢察官作答時，我真想一拳將那混蛋律師打過去，心想那有這種律師，不但沒替委託人辯白，反而還替我做那不實的承認。檢察官在達到目的後，就命令我簽字，我很不願意簽，但在一旁的律師說：「簽啦，簽完就可以回家了。」我在那無可奈何的情況下被迫簽下了不實的偵訊書，檢察官在陰謀得逞後笑著臉帶著一伙人離開了偵訊室，我看看時間已下午兩點多了，律師問我：「誰能幫你忙，給我電話號碼，我打電話請那位來保你出去。」我不高興的說：

「通知我太太吧。」

律師出了偵訊室，當時我很渴，肚子也很餓，我問翻譯員：「這裡可以買到水嗎？」翻譯員說：「我去找，如果你餓了我也可以幫你買吃的。」我拿了二十馬克給翻譯員去幫我買食物，翻譯員買來了一瓶水及薯條香腸給我，我邊吃香腸邊喝水，回想起剛才律師替我所作的不實口供時，不由自主的掉下了眼淚，我自悲自責的想著，為什麼要來到這毫無人性的國度，受官員們的侮辱、欺負呢？

我正後悔為了要快點回家而去接受律師的建議，突然律師跑進偵訊室來向我說：「要押金才可以回家。」我不解的問律師：「到底要多少押金，為什麼要押金。」我天真的問，律師輕鬆的笑著說：「要十萬馬克，押金是預防你跑掉的，誰能幫你拿十萬馬克來保你出去？」我咬著牙根暗罵著律師，很不高興的說：「突然間要那麼多錢，我沒有辦法呀！」律師有些不耐的問：「那你能拿出多少呢？」後盤算帳戶後回答說：「我銀行裡尚存有六萬多馬克，要十萬我一時無法湊足，而且我人在這裡，也沒辦法去領錢。」律師問我說：「那你沒有朋友嗎？」我有些不耐煩的回說：「朋友是有，那麼多錢叫我朋友一時之間到那裡去借呢？難道要叫朋友去搶嗎？」律師聽我這麼一說，帶著安慰的口吻說：「沒關係，你祇要告訴我你朋友的電話，我打電話去問。」

我在百般的無奈下將邱醫生的電話給了律師，律師馬上與邱醫生通電話，邱醫生得知情況後很快的打電話到餐廳找我太太，我太太得知要十萬馬克交保，馬上打電話到處借錢，剛好有幾位台灣留學生得到消息，到餐廳來看究竟，有位留學生馬上去將她的生活費領了出來，交給我太太，並有朋友從別的城市開車拿錢來交給我太太，東湊西湊折騰到快四點才湊足十萬馬克的交保金，將我保了出來。在辦好交保手續之後，步出法院時，律師向我說：「這是檢察官幫的忙。」要我向站在一旁的檢察官道謝。我看了看檢察官一眼，沒去理會，我咬著牙根暗罵著：讓你們這些混帳玩弄了兩天，把白的經過律師和檢察官的設計而染成黑的，還好意思要我道謝，簡直無恥。

心裡的憤慨是難以筆墨形容的，我忍著滿腹的氣憤轉身就走。走到法院門口我看到我太太及邱太太在門口等我，我向她們道謝之後坐上太太的車子回家，到了家我馬上打電話給會計師，我問會計師：「到底出了什麼差錯，因為到現在我還不清楚被收押的原因，而律師與檢察官串通要我承認的事我根本就沒做過。」會計師聽我說完要我馬上到他的事務所去，我開著車到會計師事務所，本來會計師是五點準時下班，為了我的事情特別留下來等我。

到了事務所，會計師就問我：「檢察官問你什麼事？」我把經過向會計師陳訴了一遍，會計師聽到我說到律師要我承認不實的內情後，很生氣的罵說：「混帳，那有這樣的律師。」會計師馬上拿起電話打到律師事務所，但律師已下了班，工作人員回說星期一早上八點律師才會來到事務所，會計師和我相約星期一早上到律師事所問清楚。

離開會計師事務所，回到家裡已經是快七點了，天色已黑暗，雖然路燈通明，但仍然黑暗處處，有如德國的法律，雖然是民主法治，但仍帶有人治色彩，仍然有黑暗的地方，就如檢察官與律師的勾結，就像清白的民主法治裡的暗瘡一般，沒有碰到的人只知道民主法治的清白面，碰到的人才知道清白法治裡是帶有污點和人治的醜惡面。

36 中國和台灣不同的用詞

元月十三日星期一早上八點，我準時的和會計師到達了律師事務所，律師助理帶我們進去見律師，見了律師我先介紹會計事與律師認識，並給了律師一張一仟馬克的支票，做為律師的費用。律師接過支票後說：「沒有我的幫忙，你今天還不能出來。」會計師很不以為然的向律師說：「根據法律，在沒有証據証明吳先生犯罪之下，檢察官最多祇能收押四十八小時，他沒作的事你硬要他承認，你這樣做往後吳先生會有很多麻煩，將來你要如何處理。」律師不在乎的說：「上法庭時就向法官說是我教他說的，有事我負責。」會計師認真的說：「好，這是你親口說的，我一定在法庭上作證。」律師沒反應的說：「沒問題。」會計師再詢問律師有關後續事務後，我們離開了律師事務所。

出了律師大樓，會計師提議到稅局去看看查帳的進展如何，我點了頭，兩人就往稅局去。進了主管我的稅務的房間，我們看見兩位稅務員正在查我的資料。一位叫Sendzik的官員開口向我的會計師說：「很奇怪，我們查了幾天都沒找到證據，白白的浪費那麼多時間。」另一位元月九日到過我家的稅務員也插嘴說：「不可能的。」我站在一旁回說：「你們找錯人了。」稅務員說：「我們的消息不可能錯。」我生氣的說：「如果我有逃稅有法律可辦，你們的作法太沒人性了，我家的電視、鋼琴、音響，你們沒查清楚就指說是逃稅買的，難道你們家的電視也逃稅買的不成。」我當時越說越生氣，聲音也大，而且很激動，站在旁邊的會計師看情形不對，推著我說：「走吧，不要說了。」我指著官員從我家搶來的雜物說：「你看這包藥是我每天必用的，難道這藥也是逃稅買的。」那位叫Sendzik的稅物官將那包藥拿給我，我再指著我小孩的成績單及出生証明說：「那是我孩子的成績單及出生証明，這些跟稅無關，我也要拿回去。」那位S先生說：「請你的律師來拿。」然後轉身跟我的會計師說些我聽不懂的話之後，會計師拉著我走出房間。出了稅局我問會計師說：「剛才S先生說什麼，我沒聽懂？」會計師沒回答，只向我說再見，我想再追問，但會計師已上了車。

到了二月十三日我接到了傳票，要我於二月二十日到檢察官辦公室開偵訊庭，我約了律師及會計師於當天法院碰面，而且我也找了一位來自台灣的羅鈴鈴博士來幫我做翻譯工作。

當天我帶著羅博士到達法院偵訊室前。離偵訊時間尚有近十分鐘，此時我的會計師也來到，我介紹羅博士與會計師認識。閒聊一會兒，偵訊室傳喚著我的名字，檢察官開門說：「只准當事人及律師進去。」我告訴檢察官說：「羅博士是幫我作翻譯的，另外一位是我的會計師，我需要他為我作稅務的說明，請准他們進去。」檢察官不肯，此時律師也來了，我向律師反應，希望律師向檢察官申請能讓羅博士及會計師進去。最後檢察官只同意羅博士為我做翻譯，但不准我的會計師進去，會計師只好離開。

偵訊開始，檢察官介紹一位中國太太給我認識，並說：「檢方已為你找了翻譯，叫某某名字，希望羅博士只糾正這位太太翻譯錯誤的地方提出說明。其餘的不必多說。」然後開始審問，我仍然的一一作答，與元月九日的詢問差不多，其中有些插曲是，那位中國太太的用詞與台灣人的用詞不同有點爭執。例如我把飲料當食品處理，而那位中國太太卻說：「我們中國人的認識是食品非飲料，飲料不能當食品。」如果按那位中國太太的說法，那我所記錄的帳就有很大的差別，經過我事實的陳述之後，律師才提出先按我的說法審問，檢方也同意了，才停止那無聊的爭執。

當審問完之後，檢方要我簽字，羅博士接過去說：「先讓我看看可以嗎？」檢方同意之後，羅博士逐條的翻譯給我聽，時間用去很多，當她發現有一句漏掉，也就是我向檢方說的：「是的，我有去買，但那是我自己吃的海產及我們同鄉會集會時同鄉用的，與餐廳無關。」但偵訊書上面祇寫：「是的我有去買。」其餘的沒寫進去，我向檢察官提出上面的錯誤時，站在旁邊的一位稅局官員叫Fromm的先生很大聲的：「簽字，不要多問。」當時律師不在場。羅博士對我說：「他們不改，你也沒辦法，要不要簽字你自己決定。」我想居然如此不講理，先簽了以後上法庭時再提出來吧，就這樣我簽下了字。檢察官接過偵訊書後，有如見獵心喜的野狼一般的高興，並說：「今天到此結束你可以回去，等候通知。」此時律師才從外面走進來，並問說：「結束了嗎？」我心想：混帳律師，在需要你的時候人不見了，等檢察官將套子往我脖子套上了，你才出現，簡直是廢物一個。

偵訊結束，我載著羅博士回店裡，路上因下雪，我車子開得很慢，深怕一不小心車子滑出馬路。羅博士有感而發的說：「你那麼謹慎的人，怎麼會有稅務不清的事發生呢？」我很無奈的說：「其實稅的事情我根本不懂，我把有關稅務問題全部交我的會計師處理，如果有問題應該也要讓我的會計師出面說明才對。」羅博士接著說：「依今天檢察官的態度看來，檢方已在偵訊書裡埋下了伏筆，你要謹慎的行事，可別掉進檢方的圈套裡，否則的話你會吃大虧的。」我回說：「我沒有選擇，只有面對，至於德國人要如何的陷害我，只有聽天由命了。」路雖然難走，但總是會到達目的地的。回到店裡已是快兩點了，我和以往一樣的忙於工作，雖然我受到了檢察官的特別「照顧」，我必需每星期向警察局報到一次，是有點煩，但我一向守法，一切遵照檢方的要求，從沒違規過。

37 不守信用的律師

到了六月中旬我接到會計師來電說：「明天早上你跟我到稅局去一趟，把你所登記的帳目算給稅務人員看，如果全部吻合，那你就沒事了。」我按照會計師的約定到稅局去，全部的將帳間算給稅務員看過，結果全部吻合。會計師對稅務官說：「經過了清算與吳先生所登記的全部吻合，你們應該可以接受了吧？」稅務員說：「你們可以回去了，等候消息。」

我們離開稅局，路上會計師自信的對我說：「今天的清算對你應該是最有利的，我相信稅局會接受，而放了你。」我低著頭回答會計師說。「我很懷疑×××，稅務員在頭一天就知道我沒問題，可是檢方的動作根本就是要整外國人，檢方和律師的勾結都是在為他們自己找台階下，事情沒那麼容易結束。」

到了七月初我收到檢方的通知，要我在七月十七日早上到稅局一趟，我把通知函拿給會計師看，會計師很有經驗的告訴我說：「這是要你去談判的，如果你能接受與稅局和解，那事情就結束了。」我問會計師說：「你能跟我去嗎？因為我的德文說的不流利，希望你能幫我解釋。」會計師說：「我當然也要去，我必需去說明我為你作帳的事情，不過最重要的還是請那位律師要到稅局去，把他要你承認的部份說明。」會計師說完就拿起電話撥給那位律師，約好當天到稅局去，律師在電話中也說好一定會去的，我再約羅博士去作翻譯。

當天早上我按約定時間到達稅局，羅博士及會計師也同時到達，可是那位律師不守信用不見影子，離談判時間尚有幾分鐘。會計師問我說：「你能確定從來沒有買過無抬頭的貨物給餐廳用嗎？」我毫不猶豫的回答：「這個我可以百分百的確定。」會計師說：「你能確定沒有，那等一下稅務員若要求你補錢的話，你就不必答應，律師也說過，只要你沒做的，在偵訊書裡所承認的，你就按律師教你承認的事實提出來就可以了。」我點頭回應。

不久稅務人員及檢察官陸續的來了，我跟著大家進入大廳，坐上了談判桌，會計師向稅務官說：「等律師來再談可以嗎？」坐在一旁的檢察官說：「不必等了，律師來不來無所謂。」我心想：這個混蛋律師可能告訴過檢察官他不來，要不然檢察官怎麼說不必等。會計師對我說：「律師不來，我們就開始進行好了，不要拖時間。」我點了頭。首先稅務官員先將他們所幻想的稅率向我說了一遍，生意稅、所得稅、營業業、貨物稅，總共加起來漏掉了拾壹萬多馬克的稅。會計師一直說不可能的、不可能的，但稅務官員並沒有理會我的會計師的反應，而且對著我問：「吳先生你準備如何交這筆稅。」我問稅務官：「你們的算法由何得來的，是不是看上了那十萬馬克的交保金，那些錢一部份是借來的，你知道嗎？」稅務官說：「這樣的估算是少了很多，希望你能滿意。」我不客氣的回說：「你們所加在我身上的罪名，我不曾作過，你們所提的數字我無法接受，很抱歉。」會計師問稅務官：「到底要吳先生額外付多少稅。」坐在旁邊的檢察說：「最少六萬馬克。」另位說：「八萬馬克。」一位稅務官說：「十萬馬克也不會多。」另一位稅務官提議說：「這樣子好啦！吳先生付十二萬馬克，其餘的一筆勾銷。」我聽了稅務官無理取鬧的話後站起來，很生長的對那些官員大聲的說：「你們都在胡說，我可以向你們保證，如果你們能提出證據，證明本人逃稅，我馬上在你們面前自殺，希望你們提出證據，不要亂說話。」一位稅務官說：「我們要你交稅，不是要你的命。」我激動的說：「稅有稅法，不可以依你們的想像，我就要多付稅呀，你們的要求不合法，你們是欺負外國人，欺負我德文說不好。」會計師看我越說越大聲，推了我一下說：「你不必說，我說就可以了。」我沒再說下去，就由會計師提出他的看法，並向檢察官提起律師所說的話：「上法庭就說我（律師）要你承認的事情。」檢察官裝糊塗的說：「我不知道這種說法的由來。」這樣來來往往的談了一個多小時，沒有一點結果。我對著羅博士說：「這些人簡直是土匪嘛！」羅博士安慰我說：「他們沒有證據才會這樣，如果有證據絕對不是這樣，依我看來你不會有事的。」我無奈的說：「我知道會沒事，可是浪費我多少時間，我無端端花那麼多律師費，你可知道我根本沒時間跟著那些混帳官員花下去。」經過會計師與稅務官的談判破裂後，檢察官說：「那只有起訴了。」

會計師答說：「別無其他辦法，上法庭本人一定出庭做證。」結束破裂的談判，我們走出稅局。會計師說：「不必怕，上法庭可以討回公道的。」我問會計師：「今天律師為什麼不來，如果律師來我可以請他說明元月十日他要我做不實的承認呀！」會計師一邊罵那混蛋律師一邊對我說：「下午你到我的事務所，我幫你寫一封信給律師，辭掉他的辯護權，我幫你找別的律師。」我點了頭回應。

下午三點左右我到達會計師事務所，會計師已寫好了信要辭掉那位滿腦腸肥的律師的辯護權。會計師要我過目後簽字，然後會計師打了電話給另外一位律師，並告訴那位律師有關我的問題，對方馬上答應做我的辯護工作，要求我先付二仟馬克作為前金，我答應了，並約好下星期一到律師事務所見面。會計師將律師給的銀行帳號寫給我，並叫我隔天就把前金匯過去給新聘的律師，我照辦。

38 遇到吸血鬼

按照約定，我和會計師到達新聘的律師事務所，律師請我們上樓，到了樓上房間，律師請我們坐並自我介紹後，律師先問事情的來龍去脈，會計師代我說明之後，律師裝出嚴肅的樣子說：「這種事情很麻煩，不過我願意為你做辯護，但希望吳先生要實話實說，不可瞞我。」我感覺被當冤大頭的說：「我當然說實話。」會計師突然叫我到外面等一下，會計師說要跟律師談事情，我依會計師的要求走出房間，並關上房間。在房外我隱隱聽到會計師說到佣金，我好奇的想靠近房門聽清楚，但已不可得。此時律師出聲：「吳先生請進來。」我進了房間，律師像逮到肥羊一般的高興，並拿了一張授權書要我簽字，還告訴我說：「你的情形比較特別，所以費用每小時二佰七十馬克。」我接過授權書簽下字。律師看我已簽下字，很高興而且也客氣的說：「你們可以回去了，等我的消息。」出了律師事務所，我們各自開車回家。

到了八月底我收到了律師的邀請函，裡面也放了一張帳單，帳單上面寫著六仟多馬克，扣除前金二仟馬克，要我再付四仟多馬克。我看完帳單暗罵著：簡直是吸血鬼，沒良心，七月二十二日我及會計師去律師事務所只坐了一個小時左右就要價六仟多馬克，如此下去等到開完庭我不被壓搾得乾乾淨淨才怪。罵歸罵，我還是忍著痛把錢給付了，然後拿給會計師看，會計師說：「要那麼多嘛，太貴了。」說完拿起邀請函看，並約定九月九日早上九點三十分到律師處去詳談。

我和會計師依約到達律師處，律師見了我們又裝出很嚴肅的表情說：「吳先生的事情很麻煩，每個被搜查的飯店都有找到證據，而且都認罪了，只有吳先生沒有，所以檢方很不相信，而且在偵訊檔案裡，吳先生承認有買過沒有寫抬頭的貨品。」我不厭其煩的答說：「是的我有說過，但那不是餐廳用的，而是私人用的魚產，及我們台灣同鄉會集會時用的，還有我幫朋友買的東西，與我的餐廳無關。」我並將一張替朋友買貨的帳單拿給律師看。會計師也幫我說：「偵訊書裡是有問題。」並將前一位律師教我作不實的承認的情形陳述一遍。律師有些不解的說：「這樣好啦，我去找檢察官協調，希望把起訴的時間延後幾星期，而這段時間請吳先生找證人，尤其是你們台灣同鄉會的會員，及你幫朋友買貨的帳單拿來給我，證人的名字，地址交給我。」律師也要求會計師寫信給那位食品公司的員工，請那位員工出面做證（因為食品公司的員工向檢方說有位姓吳的去買沒有抬頭的貨物，而在這個城市共有四家中式餐廳的老闆是姓吳的）。

離開律師處，回到店裡，我一邊工作，一方面打電話給曾任同鄉會會長的同鄉出面作證，大部份的同鄉很樂意的出面作證，但也有怕事的同鄉不願出面，我把願意出面作證的同鄉的名字地址寫給律師，由律師向法院提出申請，因之前全歐同鄉會會長吳小姐已寫了信給我的會計師說明我為同鄉會所買的食物，而那封信我的會計師已轉給檢察官，同鄉會的部份已沒問題了，但另一方面我幫朋友買貨的部份，除了邱醫生願意出面作證之外，其他的人推說：「如果出面作證，將來稅局來查我的帳那麻煩可大了哦！」因此那些只顧本身利益，而不顧朋友立場的人，我只好不提出來，我也只能怪自己當時太沒心機了，只要朋友拜託，我一定幫忙到底的作法太幼稚了，由這件事情我看清了人性自私醜陋的一面。

會計師也寫了信給那位食品公司的員工查明真相，並附上我的全身近照給那位員工指認，但一直沒有回信。十月初我和會計師再約律師見面，並確認願意出面作證的名單，並要求律師向法庭申請以前那位律師出庭作證，以及食品公司的員工也出庭。律師很認真的說：「如果前一位律師真的教吳先生作不實的承認，經法庭認定事實成立，將會失去律師資格。」會計師肯定的向律師說：「這點我可以證明，請向法庭申請本人出庭作證。」律師同意向法庭申請。十一月初我接到律師來信告知向法庭申請出庭的作證名單，經我核對後，應出庭的人都已在名單內。十一月底又收到了律師的邀約函，並約定十二月四日在律師處見面，信裡又附上一張帳單，又是六仟多馬克，我算算跟這位律師見了三次面總共加起來不到三個小時，就要付將近一萬三仟萬克，這位律師太狠了，但身為小市民又能怎麼樣，我還是咬著牙根把帳給付了。

十二月四日到律師處，我先問律師：「上次我要求向檢方申請讓我能自由出境的事，不知申請了沒，因為我岳父得了癌症末期，我必需回台灣探望。」律師說：「我向檢察官提起過，但檢方不准，等上法庭我再向法官提出申請，檢方比較難說。」我含著淚水向律師說：「檢察官根本是欺負人，沒有證據，沒有事實的情況下，他們就把我收押，並限制我的行動自由，這算什麼法，有沒有公理，這與黑手黨又有何差別，比納粹還有過之，我很不服，這是公權暴力呀！」律師看我激動的不能自己，安慰著我說。「吳先生，你這是小事情，檢察官的權力很大，他們辦案錯誤也不必負什麼法律責任。你知道嗎？以前曾經有一位無辜的人被錯判了十五年，而且被關，原因也出在檢察官的起訴書裡，你現在什麼都可以做，只差不能出國而已，算是不幸中之大幸，不必太難過。」我和會計師再提出問題來跟律師討論後離開律師處，會計師再和我分手前告訴我說：「吳先生，以後最好不再提納粹，否則對你沒有好處。」帶著善意的警告口吻，我祇哦一聲，沒有感謝會計師就開車回店裡。

到了店裡，剛好謝志偉教授在店裡坐，我將剛才與律師交談的經過向謝教授陳述一遍。謝教授說：「法律不是我的專長，但依常理判斷，在毫無證據下就能把人入罪的說法，我無法想像。」並告訴我說：「什麼時候開庭，告訴我一聲，我陪你去法院聽聽法官的意見。」

39 生平第一次上法庭

日子要過得快樂，兩院不要去就自然快樂，一個是法院，另一個是醫院，可見當時我有多麼不快樂。

法院寄給我出庭的通知書，日期排定為一九九二年二月一日至三月二日，總共排定開十四次的審查庭，願意出庭及必需出庭的人也都接到了通知。其中張旺山（他是來自台灣的留學生）是以曾任台灣同鄉會會長的身份同意出庭作證之一，張在接到出庭的通知不久，又接到台灣他家裡打來的電話，告知張的母親病重，要張馬上回台探望，張到我的店裡來問我法院作證怎麼辦，我打了電話給律師，問如何處理。律師告訴我可以申請開臨時庭，張也打了電話給法官。法官告知臨時庭必需由律師陪同出庭，我們約定了臨時庭的時間，當天由律師太太出面陪我們出庭。臨時庭開始，法官先問張旺山的家況，張一一作答之後，法官再問：「同鄉會的事是否事實？」張旺山毫不猶豫的回答：「全是事實。」法官問我說：「吳先生同意張的說法嗎？

有什麼要陳述的嗎？」我以為法官要我發誓，我舉手說：「我發誓，我發誓。」此時法庭裡大家都笑出聲來，女律師把我的手拉下來說：「不是要你發誓啦。」法官笑著說：「今天到此結束。」臨時庭前後不超過十分鐘。開完了臨時庭，張旺山對我說：「就這樣簡單，如果不來又不可以，現在我可以安心的回台灣探親了，了結了那煩人的「法」事，現在我心情輕鬆多了，可是你還得走一段漫長的黑暗隧道，但願你早日穿過隧道，重見陽光。」我向張道謝他特別為我出庭作證，並對張說：「但願法官能還我清白，只要法官不官官相護，我有信心贏得官司，理由很簡單，檢察官加在我身上的罪名根本不存在，我除了同鄉會及朋友所托之外，我沒有買給餐廳用，如果有，檢方早就把證據拿出來了，為何檢察官還要去勾結律師來騙我呢？檢方的作為是為他們自己解套而已。」

二月一日我帶著謝志偉教授出庭，到達法院我介紹律師和謝教授認識。此時已到了開庭時間，我與律師入座，謝教授坐於旁聽席上，檢察官及稅務官員也入坐，法官及書記官也進到法庭，大家見了法官全都起立，等法官說「請坐」大家才坐下。隨後來了一位中國太太，檢察官向法官說明是來作翻譯的，法官叫那位太太坐下，並問那位太太說：「妳認識吳先生嗎？」那位太太說：「見過面。」我看了看那位太太，很面熟，不知在什麼地方見過面，我用中文問她說：「我們見過面嗎？」那位太太說：「去年在檢察官辦公室作翻譯，你忘了。」經她提起我才想起來，原來是那位飲料不能當食品的那位無聊女人。

當全部就位後，法官開始宣佈「審查庭開庭」，法官先問我一些簡歷之後，請檢察官讀起訴書，內容我已看過幾遍了，所以我沒去聽，心想如果這些莫須有的罪名能夠成立，那還有天理嗎？我渴望法官能明察秋毫的心情油然而生。檢察官讀完了起訴書之後，法官拿出一些證件（那些證件是去年元月九日檢方及稅務官[以我的看法來說]從我家「搶」來的），裡面有我每日所記載的收入、進貨及小費收入的明細表，那些數目字與我報給會計師那裡的帳單全部吻合。法官問我：「你的會計師已為你作了明細表，為什麼你還要另外寫一份呢？」我回答說：「因為會計師所作的明細表我看不懂，我必需自己記載才能知道賺或賠。」法官說：「根據這些資料並沒有發現你有買沒有抬頭的貨物，但是你每個月的營業少報了十%。」我舉手要提說明，但法官不准我說：「你先不必說，也不必怕，就是有少報稅也不會砍下你的頭，你有話先和你的律師談，由律師來跟我們協調。」並宣佈休息十分鐘。

休息時間，我心有不平的問律師：「剛才法官的說法毫無根據，我怎麼辦？」律師說：「如果沒這回事，下午我到你的會計師那裡查看帳目，明天我會向法庭說明事實。」我回答：「那好，會計師的資料齊全，空口說白話沒有用。」休息過後，再回到座位，法官體諒我的處境說：「吳先生必需於十二點以前回去工作，所以今天我們早點結束審問。」我有如吃一粒定心丸的以為事情很單純。法官再問一些無關痛癢的雜事後就結束了頭一天的審查庭，並宣佈明天準時開庭。走出法庭，我向律師說再見，與謝教授同行，我們邊走邊談。

謝教授說：「這位法官看起來正派，應該不會亂來吧？」我天真的說：「其實我只希望法官能以正義、公理、公平的審判本案，我就謝天謝地了。」走出了法院，我吸了一口帶著冰冷的新鮮空氣，感到全身舒暢，走過街道，天上正飄著片片白雪，我對著謝教授說：「你看雪在空中飄的時候是多麼潔白呀，但落在地上被人踏過後就變成了黑而髒，我目前的處境有如雪花落地的無奈。」謝教授安慰我說：「總會雨過天晴的，不必煩心。」

二月二日早上八點多我就到達法院，律師看到我就說：「昨天我到你的會計師那邊查過了，一切沒錯，昨天法官說的十%是錯誤的，我會提出來的。」九點開庭，律師先向法官說明昨天所提的十%是錯誤的，並與法官核對資料，法官同意律師的說明之後，開始傳同鄉會的證人，首先傳李國隆作證（李是來自台灣的留學生，曾任台灣同鄉會會長）證人坐上證人席後，法官先向證人說明，作證者必需向法庭誠實答問，不可隱瞞，否則將受到法律第幾條之處分。李國隆答：「是的。」法官問李國隆說：「你曾經當過同鄉會會長，你們同鄉會如何運作，每年集會幾次，在什麼地方集會，吃的東西由誰處理？」李國隆毫不猶豫的一一作答之後，法官聽完李的作答說：「你可以退席了。」李國隆問法官說：「我可以坐旁聽席聽嗎？」法官首肯，李國隆退到旁聽席坐下，法官再傳邱榮增進法庭，同樣的向邱醫生說明作證須知之後，法官除了問邱醫生與李國隆的同樣問題之外，還問邱醫生說：「你有沒有託吳先生買過東西？」邱醫生拿出帳單說：「有的，吳先生幫我買過魚之類的海產，及診所用的手紙，有帳單可查。」法官沒看帳單就請邱醫生退席。再傳下一位證人吳妙善進法庭，同樣的說明作證須知，及同樣的問題，吳妙善從善如流的作答，很快的就請她退席。

法官問完證人後，換了話題問我說：「吳先生你去年元月九日及十日的偵訊庭裡說過你有買過無抬頭的帳單，並說有少報收入，那是怎麼來的，是事實還是幻想。」我站起來回答：「是被迫的幻想。」說完便請法官去問檢察官Koch先生，那位Koch先生在去年元月九日到我店裡搜查時，由紙屑桶裡撿起我向客人結帳的單字，並命令我核對帳薄給檢察官看，全部吻合，我並對著Koch先生說：「Koch先生，請你將當時的情形向法庭說明。」檢察官Koch先生說：「我忘記了。」我很激動的對檢察官說：「你忘記了，這太不公平了，你要我把七年前的事情向你交代清楚，我每一筆都不可以忘記，而這事情才過一年你就說忘記了，你們太欺負人了，而且我如果要逃稅的話，為什麼我買股票時一次交了近八萬馬克的稅，為什麼沒有逃那大筆的稅，而會去逃那一個月才幾仟馬克呢？不合邏輯嘛？」我越說越大聲，法官看我那麼激動，就宣佈休息十分鐘。

我憤憤不平的走出法庭，到庭外走廊休息，我向律師及李國隆說：「這位檢察官太可惡了。」此時檢察官也從法庭出來，李國隆看到檢察官Koch先生就走過去問Koch先生說：「Koch先生，大學中心只有一家中國餐廳，而且是你本人去查的，時間也才過一年，你真的忘記了嗎？」檢察官聽李國隆那麼直接的問，只說了一句「不知道」就走開。可見那位Koch檢察官有多厭惡外國人，只為了他本身的利益，而不把真相說出來，根本就是存心整我這個外國人。

休息時我向律師說：「那家食品公司有兩位員工願意出庭作證，請向法官申請他們出庭。」我把那兩人的名片拿給律師。律師說：「你為什麼不早說呢？現在說太遲了。」我心有不甘的問律師：「如果到最後證明我沒有錯，那我是否可以申請國家賠償。」律師答說：「不可能的，以前有位被誤判的，而且也被關，後來元兇被捕，那位被誤判的人也沒有得到賠償，檢察官及法官都受到國家法律的保護，若有誤判也不必接受法律制裁的。」聽完律師的話後，我感到心灰意冷的說：「那這官司打到最後，結果不管怎樣，我都是吃虧的，這太不公平了。」

過了休息時間，再回到法庭，我將元月十日那位律師要求我承認的事向法官說了一遍。法官問我：「元月十日是律師的意思，何以元月九日你承認有漏稅。」我感到奇怪，元月九日我根本沒承認什麼。此時律師向法官提說：「庭上應考慮吳先生德文不是很好，有可能吳先生聽錯詞句，也有可能是檢方會錯意。」我向律師說明元月九日我沒有承認什麼，簡直是栽贓。我正與律師討論時，法官要求我將剛才所說的有關律師要我承認的事再說一遍。我將寫在紙上的那一段中文指給那位翻譯的中國太太看，請她按照紙上所寫的唸給法官聽，那位翻譯員照辦的唸著：「吳先生你要不要回家，如果要回去的話，就得承認一些，你先承認，等你出去之後我再幫你想辦法，不然你關在這裡不是辦法，你有太太、有小孩，又要做生意，你出去了可以做生意，可以玩股票（其中那位中國太太把股票翻譯成casino，我馬上提出糾正，那位太太問我股票的德文怎麼說，我寫在紙上給她看後，才結束她錯誤的翻譯），又可以照顧小孩，如果你不承認的話，他們（指檢方）會把你關起來到所有證據查完之後才放你出去，有可能四個星期、六個星期、或二個月也不一定，我知道你沒有犯法，但是你要知道檢察官權力很大哦！」那位翻譯員念完之後，我舉手要補充說明，法官不准，並說：「你不必再說了。」還問我說：「吳先生你在去年二月二十日的偵查庭有承認到那家食品公司買無抬頭的貨物，為什麼現在說沒有，二月二十日你是自由行動的，並沒有收押你呀！」（此時法官的口氣很兇）我舉手要說明，法官說：「你不必說，我知道你要說什麼。」法官叫我到他面前看一張當時我寫給李煥先生的信（當時的行政院長）。我看了之後問法官：「這信從那裡拿來的。」法官說：「那裡來的不重要。」口氣非常不友善的說：「如果你對稅方面不懂，為什麼你會建議台灣政府如何課股票的投機稅呢？我看你應該很內行才對。」我向法官解釋：「這是我的經驗，並不是我對德國的稅法很瞭解，因為我付過一次近八萬馬克的投機稅，你們可以查，或者詢問我的會計師。」

此時已過了中午十二點了，我心想今天法官口氣這麼兇，中午我已無法回店工作了。法官轉了話題問我說：「吳先生本市有一位姓鄧的中國人你認識嗎？」我答說：「如果是開中式餐廳的我認識。」法官再問：「姓鄧的事情你知道嗎？」我說：「聽說過，但不清楚。」法官此時很兇又大聲的問：「你的說法我不能相信，你開的是中國餐廳，姓鄧的也是開中國餐廳，你們中國人有什麼事情傳得很快，為什麼你會不清楚呢？」我不以為然的回答說：「法官先生，我是台灣人，不是中國人，目前已入了德國籍，所以我從來不曾與中國人在一起過，最多也是在路上碰面時打個招呼而已，我所說的全部事實，你不相信我也沒辦法呀。」經過漫長的一問一答，時間已是一點多了，法官宣佈今天到此為止，明天繼續。

出了法院我載著李國隆回家，路上我向李國隆說：「這位法官今天的表現與昨天截然不同，這兩天來，法官的作為就如刀的兩面，昨天好像用刀背對著我，使我不覺得可怕，而今天他好像用的是刀口對著我，使我倍感壓力和恐懼，說不定明天他就用力的切我一塊。」國隆猶豫一下後說：「伊無證據，應該不敢亂來才對。」

40 無奈的和解金

二月二日的開庭，謝教授沒時間觀看，二月三日謝教授再陪我上法庭，路上我將昨日的情形向謝教授簡單的陳述一遍。謝教授聽完說：「昨天我不在場，所以你說的我也不明白，如果依前天的情況，我認為這位法官是正派的，應該不會亂來才對。」到了法院，先跟律師打過招呼，律師告訴我說：「今天我要向庭上提抗議。」我向律師抱怨說：「昨天法官所提的多不是事實，而且有些與我無關的事情，我覺得有欠公平。」邊談邊走的進入法庭。等大家入座後，法官宣佈開庭。

法官首先問我說：「吳先生，所有被查的人都承認，只有你不承認。」我心裡暗罵著，我沒有做的事情當然我不承認。我的律師向法官提出抗議說：「不公平，不能因為別人被查而承認，也被判刑，就能認定吳先生也有罪，要有證據呀，本席認為這種先入為主的自由心證要不得。」法官聽完律師的話後再提去年元月十日的偵訊書裡何以吳先生承認有漏稅。我向法官說：「這問題我已答過好多次了，每天多提同樣的問題有必要嗎？」我有些不耐煩的回答。律師再提說明指出：「庭上應考慮吳先生雖是德國籍，但非在德國長大，而且德語不是其母語，在當時極為恐懼與緊張的情況下，唯恐被拘留太久，而聽信前律師的指示，先承認保釋回家，才能免除一時的不自由，及家人的擔心。」律師停了一下再說：「這點等一下傳那位律師作證就可以了解了。」二月三日已排定律師及會計師還有那位冷血檢察官出庭作證，法官應該傳那些人出庭，不應該在那偵訊書裡作文章，我向律師反應。法官再問我說：「吳先生，小費要報稅你知道嗎？」全德國大概有百分之九十九的人不知道小費要報稅，而小費有報稅的更是少之又少，也許不到萬分之一的人會去報稅。我回答說：「這點我不知道，我的會計師沒有告訴過我，稅局也沒有通知過我。」法官很不高興的說：「我不能相信。」我正要回答，我的律師搶先說：「小費問題等一下傳會計師作證就能明白了。」法官說：「等一下Scheikel律師出庭，也不一定會說出不利於他自己的話，我建議針對小費未報稅一節，吳先生補繳二萬馬克給市庫，作為庭前和解，同時吳先生繳了錢之後並無前科記錄。」法官先詢問檢察官：「我的建議好不好。」法官有如搖著尾巴的哈巴狗一般向檢察官示好。檢察官毫不猶豫的回應說：「好。」法官在得到檢察官的同意下再問我說：「吳先生，你如同意此一協議，則整個案就即刻終止，你也不必每星期到警察局報到，而且馬上取消限制出境等等。」我舉手要法官傳證人出庭，但法官馬上命令我手放下並說：「你現在不必多說，你先跟你的律師商量之後，等休息回來再說，我禁止你休息時間跟你的會計師談話。」法官說完並宣佈休息二十分鐘。

我和謝教授、律師及那位中國太太到法院餐廳坐，右邊靠窗那桌坐著檢察官及稅務人員，我的會計師走過來要問我什麼，律師看不遠處有檢察官在監視就向會計師說：「法官禁止你們談話，等開完庭之後再說吧！」會計師聽律師的警告馬上坐到別桌去。我們點了飲料後，律師對我說：「就現況判斷這是一個可以接受的建議，若你不接受而再繼續審下去有兩點我沒有把握能反駁成功，（一）小費沒報稅的事，（二）偵訊書裡的承認，另外再審下去我的律師費會增加，你的精神及金錢的損失也相同的會增加，兩萬馬克作為小費漏報稅金是太高，但衡量上述，我認為接受建議比堅持到底有利。」我不以為然的問律師：「法官為什麼不傳喚證人出庭作證，我的會計師已經來了。那位胖律師也來了，問完證人再作和解的建議也不遲呀，法官的作為是在保護檢方，也在保護那位律師，擺明要我付錢，太不公平了。」說到傷心處，我黯然的掉下眼淚的說：「這是什麼法律，白布被染成黑，而且檢察官在沒有證據下就把我收押，然後再勾結律師來欺騙我，我很不服，他們要錢我可以給，但要還我清白。」我越說越傷心。謝教授安慰著說：「兩萬馬克當作給他們買藥去，不必傷心，我以第三者的看法，本案似不在追查正義公理何在，而在於如何能讓你交一筆給檢方及稅局滿意的金額。」律師也同意謝教授的看法，並告訴我說：「吳先生，你在作生意，兩萬馬克很快就可以賺回來，這個社會不要太認真白與黑，你如果同意的話，等一下我向法庭提出好不好？」逼於民不與官鬥的現實，我無奈的點著頭，忍著心在滴血的痛，心裡想著剛才律師所說的話，「再告下去，你會增加精神及金錢的損失。」

我很懷疑，難道法律是用來欺負人的嗎？然而罷在眼前的是那麼龐大的公權機器，一個勢單力薄的小市民根本鬥不過，為息事寧人，我不得不接受血被吸的事實。喝了一口熱茶，振作起精神，與律師及謝教授重新回到法庭。

法官問我的律師：「我的建議你們同意嗎？」律師很快的答說：「同意。」法官有如中了樂透般的高興馬上宣佈說：「吳先生和檢方和解，吳先生付兩萬馬克給市庫，自保證金中扣除，其餘保證金即刻退還吳先生，護照立即取回，每週的報到立即取消，本案檢方立即撤回告訴，結束。」我聽完法官的宣佈，正收拾好資料起身，檢察官Koch先生走到我旁邊告訴我說：「吳先生，你的十萬馬克押金，扣除兩萬和解金，所剩八萬馬克今天無法還給你，因為還要算利息，時間要一個星期。」我心有不甘願的說：「法官說立即退還，為什麼你們做不到，如果你們一星期不還我那我怎麼辦，那些錢一部分是向朋友借來的，你們若故意拖延那我如何向朋友交代。」檢察官說：「不會的，你告訴我你的銀行帳號，下星期我直接匯去你的銀行帳號就可以了。」律師自信的說：「這樣可以啦，不會掉的。」我把帳號寫給檢察官，準備步出法庭，法官看我眼裡含著淚水，問我說：「吳先生，你對這樣的結果不感高興嗎？」我懶得理法官，法官不死心的再問我說：「吳先生，目前傳說有人專門打外國人，你有沒有恐懼感？」我不帶好感的回答：「我們外國人在這裡生活很不容易，要防黑道，也要防白道，像今天這些事情，我更覺得莫名其妙。」我不客氣的說，法官看出我的不滿，馬上轉話題問些外國人的風俗習慣，我懶得回話，就請謝教授代為回應。

我心裡暗罵著「你這混帳吸血鬼，我沒做的事就被你吸走了我兩萬馬克的血汗錢，如果我不小心做了，可能連骨頭全被你吞掉也不一定。」我和律師走出法庭，我的會計師問我們怎麼回事，律師把經過說了一遍。會計師不解的問：「為什麼不堅持傳證人作證，剛才我有看到那位Scheikel律師跟檢察官koch先生交談。」律師回說：「如果再傳他們出庭作證，而事實真如吳先生所言，那位律師將會失去律師資格，檢察官也會有事情，和解之後他們就解除警報了。」會計師說：「那稅局方面還沒有結束呀！」我一頭霧水的看著律師，律師慢慢的說：「是的，當然這只是與檢方的合解，稅局方面還要解決，但吳先生與稅局方面的問題非刑事，可由稅務法庭來處理。」會計師說：「如果在這裡由法官宣判無罪的話，就不必再麻煩到稅務法庭了。」律師說：「沒錯，不過如果傳那位Scheikel律師及Koenen檢察官出庭，保證他們不會說出不利於自己的話，他們決不會拿石頭來砸自己的腳。」會計師以理力爭的說：「我可以作證，Scheikel律師親自向我說的話。我感到不解的是法庭傳喚我出庭，而不讓我說話，這其中一定有不可告人的陰謀。」律師有些不耐煩的說：「今天這個結果對吳先生來說應該是比再告下去好，如果那位律師不說實話，而只有你作證還不能讓法官認定檢方及那位律師有錯而判定吳先生無罪。」律師說完向我們說再見，此時我才明白到事情並非我所想像的花兩萬馬克就已經解決了，我後悔剛才沒堅持到底，話說回來，一個外國人又能知道多少法律呢，尤其像我德文說的並不流利，很多官方術語根本不能理解，這是外國人生活在德國最大的致命點，遇到事情就以為用錢解決是最好的方法，也因此德國稅務員最喜歡去找外國人，不管如何他們也一定能拿到錢。

舉例：我有位朋友在德國漢堡市做生意，時間很長，後來他想回台灣發展，就把德國這邊的生意結束，把房子賣掉，大部份的資金帶回台灣，而留下大約三十幾萬馬克在德國銀行作為小孩急用，放了好多年都沒去動用，結果被稅局知道了，稅局去查舊帳，說我那位朋友逃稅，要他補十多萬馬克了事，我那朋友幹在心裡，自認倒楣的把錢付給稅局，不付的話銀行帳戶被凍結，將永遠無法動用。

告別了律師，我與會計師和謝教授到法院對面的咖啡店喝咖啡。我向會計師抱怨說：「這個結果我很不甘願，可是一個小老百姓又鬥不過他們官官相護，他們玩法，小市民就得被逼接受那慘酷的和解建議，說和解是好聽，其實是被那些玩法的官員們吸了血。剛才聽你說，才知道稅局方面還沒完，那我該怎麼辦呢？」會計師說：「稅務法庭我處理就可以了，你不必擔心，而且稅務法庭最少拖三、四年。」我語無倫次的向會計師說出我的不滿：「我不服的不是那兩萬馬克，而是檢察官在沒有證據下就先抓人，然後再找證據，找不到證據再用恐怖手段，然後勾結律師來欺騙我這種不懂法律的人，這點是我最不服氣的，我無法接受那種公權暴力。」我很激動而掉下了傷心的眼淚。謝教授安慰著我說：「算啦！忘記它吧！」會計師說：「這個結果雖不滿意，但還可以接受啦，不必想太多。」

喝完咖啡，告別了會計師，載著謝教授回店裡，路上我向謝教授說：「法院排定一個月的庭期，不到三個上午就結束了，你不認為太草率了嗎？開庭的時間裡我抱著無限的希望，希望法官能明察秋毫還我清白。現在庭訊終止，而這和稀泥的結果，讓我感受到人性醜陋到極點的一面，多麼令人心寒，法律變成了官員欺負老百姓的工具，如果官員們所說的我有做，而且又有證據，那我應該受罰的，而且是罪有應得，但事實並非如他們所言，這是我最不能接受的。」謝教授打趣的說：「就是你沒有做才要你交付兩萬馬克，如果你有做的話，那就不是這個數字了。」謝教授並說了一則政治笑話與我分享，他說：「監牢裡的政治犯大家互相都很好奇的打聽對方犯了什麼罪，犯人甲問犯人乙說：『你犯了什麼罪？』犯人乙答說：『我也不知影犯了什麼罪？我也無按怎，無代無誌被判了三冬？』犯人甲向犯人乙說：『免騙我，你一定有按怎，哪無按怎是判一冬啦！』我聽了笑笑說：「這對當事者來說是多麼諷刺與無奈。」

41 納粹餘毒作祟

經過法庭的和解後，過了兩個星期檢方沒有退還押金，我打了電話問法官到底是什麼原因不還我的八萬押金。法官在電話中告訴我說：「押金的事情與我無關，你要找檢察官。」我打電話去找檢察官Koch先生，檢察官告訴我說：「明天就匯過去。」我信以為真的向Koch先生道謝。

過了一個星期錢還是沒匯來，當時因律師又寄來帳單，又是六仟多馬克，以及稅局要求補交八五年至九〇年的小費漏報稅額共三萬多馬克，我急著那筆錢來付稅及律師費用，我再度打電話去找檢察官Koch先生，結果Koch知道我打的故意不接我的電話，我在無計可施之下，打電話去問我的會計師該如何處理，會計師在電話裡說：「檢方沒有道理不還錢，我打電話去稅局，由稅局出面去要，我們省點事。」

到了三月三日我終於接到了通知，告訴我錢將於隔天匯到我的帳號，從和解到接到款項，前後相差一個月之久，我暗罵著檢察官欺人太甚，要我付押金是兩個小時之內，還錢他們可以拖上一個月，實在是欺負小老百姓至極了。有人說這就是納粹餘毒在作祟，納粹思想根深蒂固，可由檢察官的顢頇行為看出端倪。

經過和解之後我不必再到警局報到，重新享有自由出入境的我，迫不及待的買了機票，再度回台灣探望親友。那次回台灣除了探視親友外，我也參加了台南的「我是台灣人」的遊行，遊行中我感受到身為台灣人的確是非常的悲哀，台灣人在國外受到外國官員的欺負，那是活該，誰叫你到那國家去呢？但身在自己的國家裡，還要大聲的喊出「我是台灣人」，難怪李登輝先生會說身為台灣人真悲哀這句話。

兩個星期的假日很快過去了，我在搭機回德國時，在機上我回想起參加遊行的事，心裡難過的提起筆來寫了一首「台灣前途」的歌詞：「台灣前途干擔一條路，不是統一不是保持現狀，干擔獨立建立台灣國，獨立建國進入去聯合國。國際社會互通來照顧，中國土匪伊都變無步，台灣人民才有幸福的前途，台灣人民才有幸福的前途。」

回到德國後不久，我又接到稅局無理取鬧的談判書，我和我的會計師依稅局的約定到達稅局，稅務官員仍然無中生有的要求我補繳十多萬馬克，雖然我及會計師曾多次要求稅局提出證明，以及證據來證明我有漏稅，但稅局從不回應我們的要求，而直接的去查封我銀行的帳戶，讓我無法正常的運作，在那無理的查封下，我的會計師只好向稅務法庭提出控告稅局的申請，告狀由會計師以專業角度去寫，我一切交由會計師處理，我仍然繼續做我的生意，仍然的幫台灣同鄉會處理每次的集會事務，日子過的雖然辛苦但也算平靜。

42 奸商的勒索

一九九四年底，我因餐廳的租約即將到期，必需重新簽合約，新的合約會是沒錢賺的店，但我考慮到小孩還小，而且大學城的環境也已習慣了，所以我大膽的簽下了新的租約。房東是一家房地產管理公司，我所簽的合約必需寄到總公司，等總公司負責人簽了字，才能把新合約寄給我，辦事員這樣的告訴我，我完全相信辦事員，可是日子一天一天的過去，過了大約三個月，那位辦事員來到我的店裡告訴我說：「吳先生，依我們公司的規定，要新的合約的話，你必需先付伍萬馬克給我們公司，只要你把伍萬馬克的現金放在桌上，本人馬上把合約給你，不然的話我就把這地點租給別人。」我聽了那位辦事員的話後，很不高興的說：「我在這裡已做了近十年了，你們所要求的我完全配合，我按時付房租，而且你們新的合約又提高了房租我也答應了，為什麼還要額外的付你伍萬馬克，簡直是勒索，太過份了。」那位辦事員很輕鬆的說：「你生意很好，付伍萬馬克應該是很簡單，隨便你啦，要新合約就得付伍萬元，否則在三個月後你就得搬離這裡，你自己決定好了，等你考慮清楚後再到我的辦公室來告訴我。」那位辦事員說完就走。

我開始緊張，心亂如麻，不知所措，我打了電話給謝教授，將ECE公司的辦事員向我勒索伍萬馬克的事情說給謝教授聽，請他幫忙想辦法來對付那位辦事員，起先謝教授不敢相信在德國也會有這種勒索的事情發生，我很詳細的說明那位叫Wizen的辦事員的行徑後。謝教授才瞭解到原來商場有那麼險惡，謝教授提議直接寫信給ECE總公司的大老闆，先告知那位辦事員的行為，再看總公司的答覆。

當天謝教授幫忙寫信，信寫好後我迫不及待的很快將信以快遞方式寄出，經過三天後，那位辦事員到我的店裡，氣呼呼的對我說：「你寄信給我的總公司大老闆，現在信在我的辦公室，等一下有空請你到我的辦公室來一趟，我有話問你。」我看那位辦事員臉色蒼白，口氣很不友善，我沒多問只說：「三點以後我會過去談。」到了下午三點，我單槍匹馬的到達那位辦事員的辦公室，我向公司小姐表明來意，小姐告訴我說：「Wizen先生現在有訪客，你請等一下。」我聽從小姐的吩咐等了約十多分鐘。我進了辦公室，那位辦事員很生氣的拿了那些信往桌面大力的丟下去，並很兇的對著我說：

「你寫信給我們公司作什麼，你有事情可以跟我談，現在你這樣對付我，我告訴你沒有伍萬馬克我絕對不會將合約簽給你，你還有三個月的時間，如果你不付給我伍萬馬克，我就把那店租給別人。」我聽了也很不客氣的向那位辦事員說：「我不接受勒索，你可以提高房租，但額外的支付本人絕不妥協，我可以破產，也絕不向惡勢力低頭，你搞錯對象了。」說完我就起身回店裡。

經過與太太的商量之後，我決定搬離大學中心，不再與狼共舞。經過多次的尋找，終於在市中心找到一家德國餐廳，我租下那家德國店後改裝成中式餐廳，舊餐廳的廚具家俱因格局不合，大部份不能適合新店用，我只好買新的，而舊的全部丟棄，為了不接受勒索，我虧掉了參拾幾萬馬克，一波未完一波又起，真是屋漏偏逢連夜雨。

從官司纏身，到被勒索，我花掉了一生積蓄，我心灰意冷，一方面忙於新的生意，一方面應付與稅局打官司。

43 再度的斷章取義

從提出控告稅局至接到回應，整整拖了三年多，第一次的回應是稅局的來函，要求我到稅局協調。我將稅局的信拿給會計師看，會計師說：「我也有收到通知，所以當天我會和你一起到稅局，不過我們還是要找一位律師作陪比較好，因為有些法律問題我不清楚。」我問會計師：「這是稅務問題，並沒有必要再找律師來增加我的負擔。」會計師回說：「沒有錯，這是稅務問題，如果有碰到法律問題時我無法解答，那我們要贏回官司就沒那麼容易了，所以我們還是找一位律師比較好，我幫你找位較便宜的律師。」我只好說：「你看著辦好了，謝謝。」

當天到稅局協調時邱醫生自告奮勇的陪我前去，我們提前到達，就在走廊的長椅坐下，兩人聊了起來，過了約十分鐘左右，會計師和一位律師進來，我們互相介紹後就一起進入會議廳，會議廳裡面已有三位官員入座，我們一夥坐定後，稅務法官Westburg開口問會計師說：「你所作的告狀一定用掉很多時間吧？不過我要告訴你，要把凸凹不平的地方磨平那是每個人都會的。」會計師不以為然的答說：「本人所作的全是按照事實而來，並沒有要特別磨平的地方，請查閱。」旁邊的稅務官對我們說：「經過我們的詳細核算，我們所要求的是不會過高的。」會計師說：「你們算的方法是根據聽說，這不是事實，而且你們沒有證據，這點我們不能接受。」稅務法官沒話可說又提偵察庭的口供偵訊書，而認定我有去買那沒有抬頭的貨物。我有些不耐煩的回答：「那偵訊書所寫的是斷章取義，當時我已向檢察官抗議過，但簽方不理我的抗議，並命令我簽字，這我已解釋過幾拾遍了，請提新的證據。」但法官仍然不採信，並要求我提出一些數字與稅局和解。會計師問稅務官的意思，稅務官說：「按我們所計算出來的數字，我們決不減少。」我的會計師向稅務官說：「那我們只有稅務法庭見了。」稅務官說：「我們會陪你玩到底。」我向會計師低聲的說：「如果可能的話，我可以付伍仟或一萬馬克買我的平靜，我沒有那麼多的時間陪他們玩。」會計師說：「他們要的是拾幾萬馬克，我們還是告到底。」我無奈的說：「真倒霉。」會計師輕聲的說：「碰到了只有自認倒霉，別無他法，不過他們拿到的是很壞的牌，他們要贏得這局牌是不可能的。」法官看我們不接受和解後說：「那只有上稅務法庭了，到時候我會傳證人出庭作證，如果證人對吳先生不利的話，那吳先生會被判有罪，到時候要和解已沒有機會了。」並要我考慮清楚。我毫不猶豫的說：「不必考慮了，你所提的證人我不認識，而且我買貨的公司那些員工我都認識，我也很希望看看證人長的像什麼樣，為什麼他要作偽證。」法官馬上宣佈結束協調。

我們收拾好資料，邱醫生走過去向法官說：「我們這個社會為什麼變成這樣，吳先生常向我抱怨他沒有做的事情，經過檢察官的運作後他花去了他二十多年來的積蓄，而且還有一大堆的麻煩事，太不公平了。」法官沒有反應的走開，我們也走出會議廳。律師大概覺得不好意思吧，走到我身旁對我說：「你放心，不會有事的。」不會有事的我已聽了幾拾次了，有事沒事到最後還是要錢，我心裡想著，今天根本不需要律師的，不知道這半小時又要我花多少冤枉錢。

告別了會計師及律師，我開著車載邱醫生回店裡，路上邱醫生說：「看這情形，這位稅務法官已有先入為主的成見，上稅務法庭他一定不會讓你好過的，這點你要有心理準備，不過再上訴的話那就不一定會輸掉官司。」我氣憤的說：「不管怎樣我要讓法官宣判，有罪就讓他們宣判，沒有罪也要讓他們宣判，整個過程才有個終結，不能再像地方法院那樣著和稀泥，我要知道他們是如何的在玩弄法律，我更要知道他們到底還留有多少納粹餘毒。」在等待稅務法庭開庭的那段時間裡，我再將銀行的單據再度的整理與核對，作為上法庭的參考，並準備了一份影印交給庭上作參考，我的律師也約見了我去談些無關痛癢的事情，其實稅務法庭根本不必用到律師，而只是我的會計師找機會讓他的朋友賺一筆外快而設計的，我也無可奈何，形勢比人強，我只有再忍受一次被壓搾的痛苦。

到了一九九七年的秋天，我接到了傳票，得知稅務法庭的開庭日期，當天我準時的到達，進到法院裡，我找到開庭的大廳，伸頭進大廳探看情況，大廳裡只有一位不認識的人正和法院的女性工作人員談話，我沒去打擾而暫時的在走廊的椅子坐下等待。過了幾分鐘我的會計師出現了，我向會計師打過招呼，會計師問我：「律師來了嗎？」我正要回答沒看到時，法庭的工作人員來傳喚我入法庭，我與會計師進到法庭坐下，我看到剛才與法庭女性工作員談話的人也在座，沒多久進來了二位稅務人員，我感到很面熟，但想不起在什麼地方見過。等所有人坐好位子，法官Westerburg先問我說：「你認識旁邊那位先生嗎？」我答道：「不認識，也沒見過。」法官開始讀法規，並要那位先生一定實話實說，這時我才明白原來那位先生是來作證的證人，就在那個時候我的律師才進來，律師向法庭行個禮並說：「對不起，路上車很多才遲到。」法官開始進行庭訊。

法官問證人所工作的公司是如何運作。證人答：「我是一九八五年至一九八七年在那家公司工作，我的工作是接電話收集訂貨單，並將貨交給專門送貨的同事送出，不過我沒作帳單，也不收貨款，在我工作的那段時間有位姓吳的顧客每兩個星期會打電話來訂貨，並說明要無抬頭的帳單，有時候我會建議他訂些當時正做拍賣促銷的貨物。」並說：「我只是工作到八十七年而已，八十七年以後我就不知道了。」法官問證人說：「你看過吳先生嗎？」證人答說：「不認識，也沒見過。」法官再問：「聲音你還記得嗎？」證人答說：「記不起來了。」法官拿了一份檢察官當年向證人偵訊的記錄書給證人看，並問證人：「這是不是你的簽字。」證人看後說：「是，這是我簽的字。」法官再問證人：「那裡面所寫的都是事實嗎？」證人答：「經過我已不記得，因為時間已過太久了，不過如我簽過字的那就是我說的沒有錯。」我的律師問證人：「Lucht先生你能明白的說出向你訂貨的吳先生是大學中心的中國餐廳嗎？」證人答說：「我只負責訂單接電話，並非我自己親自送去的，所以我不知道那一家中國餐廳，我只知道向我訂貨的人姓吳。」我舉手向法官說。「我住的城市姓吳的開中國餐廳的最少有四位，而且我是最後才在那城市開中國餐廳的，請庭上查明是否有同姓之誤。」我的會計師將一張食品公司的帳單上面的名字也是姓吳的，遞給法官過目，並向法官說：「我相信這是同姓之誤。」法官看後答說：「這個名字音是同樣的，但字母不同。」會計師向法官說：「證人並沒有看過人，而只聽電話是會有誤差的。」法官向證人說：「Lucht先生你可以回去了，你的車費到樓下申請。」法官等證人退出後問我說：「吳先生你在地方法院的偵訊庭時承認有買過無抬頭的帳單。」又是栽贓式的手法，我站起來激動的向庭上說：「那是檢察官的斷章取義，我已經向庭上解釋過多次了，那是買給我們台灣同鄉會集會時用的，以及少量的海產是我家庭自用的，與餐廳無關，而且剛才證人也說了，他只接電話寫訂單，他並不認識我，也沒有看過我，那家公司的職員，只要跟我有接觸的人我都認識，而且名字我也說得出來，而剛才那位證人我根本沒看過，名字也沒聽過。」律師接著說：「證人說是將貨物送去的，而吳先生是自己去買的，這就有很大的差別了。」不久法官宣佈兩個星期後由另外一位法官宣判，結束庭訊。

走出法庭律師對我說：「證人並沒有說出對你不利的話，應該是好的開始。」我抱怨的說：「我沒作的事，證人當然不能亂說話，我是外國人，不敢抱太大的期望，你也聽到證人說的話，今天如果我是白種人，我相信早就沒事了，也不必再等兩個星期後還要開一個多鐘頭的車來到這裡。」律師拍拍我的肩膀說：「不必想太多，我還有事先走了。」我轉身告訴會計師說：「我明天回台灣探親，我父親身體欠安，如果有緊要的事情請傳真到台灣給我。」我把傳真號碼寫給會計師後，開車回家。

44 找到了真相

路上我越想越覺得不對勁，心裡想著為什麼剛才法官拿口供記錄給證人看的時候，我要過去看而被禁止，心裡非常的好奇。回到家後，我馬上打電話去找律師問有沒有那份證人口供記錄。律師說：「我這裡有，等明天我傳真一份給你好嗎？」我懇求的向律師說：「明天我要坐飛機回台灣，我希望你能在今天下班以前傳真給我。」律師很不高興的話：「好啦！我試試看！」我在下午五點多接到了律師傳來的證人口供記錄，我馬上接過來看。很詳細的看了幾遍，有看不懂的地方，我就拿顏色筆劃下來，然後一字字的去查字典，看完後我發現裡面證人所作的口供，除了姓和我相同之外，其他的跟我完全沒有關係，而且證人的口供記錄是一九九一年三月二十七作的，而我被檢察官搜查及被收押是一九九一年元月九日，也就是說檢方是先抓人，後找證據，找不到證據之後再想辦法去找證人出來作偽證，好讓檢察官們能夠全身而退。

當我發現檢察官的真相之後，馬上打電話給律師，但律師已下班了，我再打電話給會計師，同樣的也都下了班，無法聯絡上。心想隔天早上律師及會計師上班之前，我已坐火車去機場了，上飛機前恐怕無法與律師及會計師聯絡上。

我整夜無法入睡，深夜我聽到外面隔壁陽台上的塑膠空瓶子被風吹動而發出的聲響，讓我更加心煩，再想到檢察官及稅局所設的圈套，傷心的掉下了眼淚，而久久不能自己。

回想二十多年前初到德國的苦境，那種初生之犢不畏虎的精神現已蕩然無存，想東想西的我整夜沒闔過眼，七點左右我起床到浴室沖澡，感覺頭昏昏的無法集中精神。我提了行李叫計程車到火車站，隨身我還帶著行動電話，準備九點的時候好打電話給律師及會計師，向他們說明檢察官所設的陷阱真相。

上了火車，我找到了位子，把行李放好，坐好位子，頭忽然疼得無法忍受而不知不覺的睡了過去，也睡得很深，突然間我感到有人在推我，醒來一看原來是查票員，我把車票拿給查票員看，看看手錶已十點多了，頭痛的情況好多了，我拿起手中的行動電話撥給律師，結果律師事務所的小姐說：

「律師不在，要下午才會回來，你有事的話，請留下電話及姓名，下午律師回來會給你回電話的。」

此時火車已到達機場車站了，我匆忙的掛斷電話，提了行李下車，我急著又撥了電話給會計師，但試了好幾次都打不出去，可能是地底下太深，行動電話傳不出去吧？提著行李上到機場大廳，我再度打電話給會計師，這次很快就接通了，我向會計師說：「我現在在機場，等一下就要上飛機了，但有一件重要事情我必需告訴你，昨天律師有傳真一份證人口供記錄給我，而我看完後發現口供記錄有問題。」我把口供記錄的疑點說給會計師聽，並拜託會計師向律師說明。會計師說：「我會把你的意思轉達給律師，如有必要我會傳真到台灣給你的，祝你一路平安。」會計師說完祝福的話掛斷電話。

我說完真相後心情倍感輕鬆，在回台灣的飛機上我無聊的哼起一首台灣老哥「為著十萬塊」，我拿筆來把歌詞改為：政府准阮作生理（生意），看阮銀行這多錢（那麼多錢），叫阮著愛去法院，十萬馬克才袂放阮去，天啊喂，這款的政府若土匪。歌詞改後，我一路不停的哼著，一直哼到睡了過去。

探完親再回到德國，休息兩天後又開始那煩人的稅務事出庭，出庭那天會計師叫我去坐他的車一同前往稅務法庭，一路上我與會計師聊天，突然間會計師轉了話題問我說：「你真的沒有去那家公司買沒有抬頭的貨物給餐廳用嗎？」我認真的回答說：「當然是沒有，我告訴你，如果我有做違法的事，在地方法院時，檢察官就不會要求我付兩萬馬克而和解啦！這完全是陷阱、圈套啦！是專門用來整外國人的技倆，是納粹餘毒在作祟啦！」會計師聽我越說越氣，就說：「好啦！我們聊別的，不要生氣。」當天我們很準時的到達稅務法庭，我的律師也準時到達。庭訊開始，法官已換人，上次那位法官只坐在一邊，另外又多了二位平民陪審。法官先問名字地址之後再問控告稅局的原因，這問題律師搶著回答，答完法官再問我說：「吳先生，你到那家食品公司買些什麼東西？」我答說：「我親自去買的，大部份是海產，我喜歡吃魚類，如果是買給台灣同鄉會的大部份是香腸、豬排、雞腿，中國大白菜，而香腸豬排，我的飯店是不賣的，請參考我們的菜牌，而且我餐廳用的食品全部是那家公司送來的，付帳方式是經過銀行匯款的，請庭上查看資料。」我清楚的說明一切後，法官再問：「吳先生你自己去買的次數一個月幾次？」我答說：「不一定，有候候一個月一次，有時候一個月兩次。」法官再提我一九九一的偵查庭的口供，我不厭其煩的，再度的向法官再陳述一遍，並向法庭陳述有關證人口供記錄的日期是三月二十七日，而我被收押是元月九日的情形及過程，也再度的提到Schenkel律師教我如何承認的過程。會計師再補充他知道的情形，法官聽完我及會計師的陳述後，就問稅務官，有什麼問題嗎。」稅務官說：「我們堅持原告必需按我們的算法付清稅款。」其中一位平民陪審人問我：「吳先生你向那家公司叫貨，每兩個星期叫一次貨，帳是怎麼付的？」我指正的答：「我是每個星期叫一次貨，而不是每兩個星期叫一次貨，帳單全部經過銀行匯款的。」會計師補充的說：「沒有錯，帳單全在這裡，而且都經過稅局查過，全部都對。」陪審人聽完後向庭上說：「我沒有問題了。」法官再問另一位陪審人有沒有問題，另一位陪審人說沒有，法官就宣佈庭訊結束。

　　我感到奇怪的問律師說：「現在怎麼辦。」律師說：「回家等消息。」有些不解的問律師：「今天不是要宣判嗎？為什麼又不宣判呢？」律師說：「不急，依我看來對我們是好消息才對。」當天開庭前後花不到二十分鐘就結束了，我抱怨的向會計師說：「這樣拖下去，到底還要整我多久才要放我干休，你知道我每次出庭就必需休業一天，從九十二年到現在。因這件無中生有的官司，我已花掉了十多萬馬克的血汗錢，太不公平了，我二十多年來的省吃儉用已化為烏有。」會計師說：「有那麼多嗎？你不會因這件事而破產吧？」「那不一定，我已到了破產邊緣了。」我邊走邊回答。

路上我和會計師約好到一家餐廳去吃午餐，回到家已是近二點了，我因早上很早起床，有點累，我直接的跑去睡覺，一直睡到下午快五點才起床去工作。

45 最後的和稀泥

過了約一個月，我接到律師傳來稅務法庭的邀請函，請律師於兩個星期後到稅務法庭去做口頭協調。雖然法庭並沒有傳我出庭，但我打電話和會計師商量後，我決定和會計師及律師一同出庭。

當天我們全部準時到達法庭，坐好位子，我看稅局方面當天已換了新面孔。法官看大家坐定後就直接的問我的律師：「有沒有協調準備付多少錢和解？」我聽完法官的說詞，心裡暗罵著又是吸血鬼的裁決法，律師不經考慮的說：「依我的看法，整個案情原告並無錯誤，不過我考慮付三仟馬克結束本案，但這我並沒有和吳先生及他的會計師談過。」律師轉身問我及會計師同意否，我及會計師沒有答話。我聽律師不經協調而突然的說要付三仟馬克時，我暗罵著律師混蛋，為何不先商量再回答呢！法官再問稅局人員的意見，稅局人員說：「我今天是替代出庭，我仍堅持我們的算法。」我舉手要發言，但法官不准我說，並宣佈：「那好，本庭決定一切。」結束協調。前後用不到十分鐘就結束了，我有點氣的問律師：「到底什麼時候宣判，你說要付三仟馬克，這官司我輸定啦！」律師帶著笑說：「今天就會有結果，我們不會輸，你不必怕，我們也不必等。回家去，下星期法庭會寄裁定書給我。」

過了約兩個星期，我接到律師轉寄給我的裁定書，共十五張紙，寫得滿滿滿的。我相信那些法官一定費很多精神。但並沒有判決的詞句。而裁定書只以建議的寫著，吳先生輸25%，而稅局輸75%。又是一次和稀泥的裁定，洋洋灑灑的十五張紙裡，沒有重點，祇有在小費沒報稅上面打轉，而小費沒報稅我已被剝了兩層皮了，最後這和稀泥的裁定，我又得再被剝一層皮，公理何在。

我氣憤的撥了電話給律師說：「我不服這樣的裁定，我要上訴。」律師在電話裡對我說：「稅務法庭的裁定是不很令人滿意，不過我認為我們並沒有輸掉官司，而且法院也沒有判你有罪，只是以建議函的方式，如果你要上訴的話我不反對，但上訴的費用很高你知道嗎？」而且你不一定能得到好處，你一定要上訴的話，請你先付七千馬克給我，我才能為你作上訴準備。」我聽律師說要七仟馬克，我全身開始抖起來。心裡想如果不上訴白白的被坑掉三萬多馬克，而上訴說不定要花更多的費用，我停了一下。律師出聲說：「吳先生，我建議你等幾天，說不定稅局會上訴，讓稅局先提上訴，那時候你就不必付那麼高的費用，而且你也許有機會全贏也說不定。」我不以為然的說：「那如果稅局不提上訴的話，我不就白白的被坑掉三萬多馬克。而且裁定書裡寫著：按稅局的說法，八十五年向那家食品公司買貨的中國餐廳幾乎沒有。這根本就是睜著眼睛說瞎話，我是八十五年才在大學中心開中國餐廳，而當時這城市已有五家中國餐廳了，而且幾乎每家中國餐廳都在那家食品公司買貨的，稅局的說法根本是欺負人嘛！」律師有些不耐煩的說：「在電話裡談那些沒有用，我沒時間，你決定要不要上訴之後再告訴我好啦！」

隔天我不死心的拿了裁定書去找會計師詢問是否上訴，會計師說：「算了吧，等稅局的反應再說啦！」我問說：「那如果稅局沒有反應怎麼辦？」會計師說：「百分百的贏得官司是不可能的。」並說：「我的費用共一萬伍仟馬克，我已將帳單寄給稅務法庭了，看法院如何處理，律師費用不知跟你怎麼談的。」我口氣有點不屑的說：「律師費用我已付了三仟多馬克了，其他的應該去向稅務法庭要，總不能全部要我負擔吧！」離開會計師事務所，我精神非常的沮喪開車回家。

一路上我思考著忍氣吞聲呢？還是提上訴呢？如果提出上訴的話也要會計師及律師的幫忙，然而律師及會計師都因為他們的利益已經得到了，而不願意再拖下去，硬要把我給犧牲掉，我越想越氣。原來要告稅局，是因為會計師瞭解到可從中取得利益而所出的主意。

回到家後我與太太商量，我太太也傾向於花錢消災。龐大的政府機器，一個小百姓那能贏得了，再煩下去祇虧不會賺，聽其自然發展。因此我就等稅局的反應，結果稅局也不提上訴，而直接的寄帳給我，結束了拖了將近七年的官司。

在官司結束後，我心灰意冷的覺得人生不必那麼辛苦，二十多年來我從無到有，再從有到無，最後還是兩袖清風，而且惹來那麼大的麻煩，何苦？所以我決定結束餐廳的生意，絕不在德國做生意，把德國的一切事情處理完後，我離開了德國。回到我生於斯長於斯的祖國台灣，過著平靜的生活。二十多年的德國生活，我參與了不少的組織活動，在我經濟富裕的時期，多少台灣政客、學者，都曾經是我的座上客。我回到了台灣，從不曾去找過我所認識的任何人。把過去的往事，留做畢生的回憶，把經驗傳給需要知道的台灣朋友。

結語

本文全部是作者在德國二十幾年的生活經驗，所有的過程沒有虛構，也沒有醜化，全部是事實的呈現。因作者本身知識有限，並無玩弄筆花的能力，一切是以所發生過的真實經驗。德國官員玩弄法律，欺負善良，那種種族優越感的驕傲心態，時有所聞。但因筆著知識，能力有限，無法淋漓盡緻。例如檢察官Koenen先生說：「你們外國人，都是來德國騙稅的。」那種納粹精神，口出狂言的行徑，筆者就無法以筆墨來形容了。

作者寫本文的用意不在於報復，也不在於仇恨。而是希望那些官員們往後辦案後，有多少證據辦多少案，不要憑空捏造，傷害無辜，造成被害者的經濟危機，而延伸出社會問題。更希望這個世界沒有種族歧視，而能和平共處。

在此筆者順便謝謝在本案的過程中，出庭作證及陪筆者出庭壯膽的同鄉，還有一路為我加油打氣的留學生。

國家圖書館出版品預行編目

德國往事 = Mein Leben in Deutschland / 吳秋祥著. -- 一版. -- 臺北市：秀威資訊科技, 2003[民 92]

面； 公分. -- (語言文學類 ; PG0014)

ISBN 978-986-7614-07-0(平裝)

855 92018181

語言文學類 PG0014

德國往事

作　　者 / 吳秋祥 著　吳艾俐、彭雙俊 校稿
發 行 人 / 宋政坤
執行編輯 / 林秉慧
圖文排版 / 張慧雯
封面設計 / 黃志偉
數位轉譯 / 徐真玉　沈裕閔
圖書銷售 / 林怡君
法律顧問 / 毛國樑　律師
出版印製 / 秀威資訊科技股份有限公司
台北市內湖區瑞光路 583 巷 25 號 1 樓
電話：02-2657-9211　傳真：02-2657-9106
E-mail：service@showwe.com.tw
經 銷 商 / 紅螞蟻圖書有限公司
台北市內湖區舊宗路二段 121 巷 28、32 號 4 樓
電話：02-2795-3656　傳真：02-2795-4100
http://www.e-redant.com

2003 年 10 月 BOD 一版
定價：250 元

讀　　者　　回　　函　　卡

感謝您購買本書，為提升服務品質，煩請填寫以下問卷，收到您的寶貴意見後，我們會仔細收藏記錄並回贈紀念品，謝謝！

1.您購買的書名：＿＿＿＿＿＿＿＿＿＿＿＿＿＿

2.您從何得知本書的消息？

□網路書店　□部落格　□資料庫搜尋　□書訊　□電子報　□書店

□平面媒體　□ 朋友推薦　□網站推薦　□其他＿＿＿＿＿

3.您對本書的評價：(請填代號　1.非常滿意 2.滿意 3.尚可 4.再改進)

封面設計＿＿　版面編排＿＿　內容＿＿　文/譯筆＿＿　價格＿＿

4.讀完書後您覺得：

□很有收獲　□有收獲　□收獲不多　□沒收獲

5.您會推薦本書給朋友嗎？

□會　□不會，為什麼？＿＿＿＿＿＿＿＿＿＿＿＿＿＿＿＿

6.其他寶貴的意見：＿＿＿＿＿＿＿＿＿＿＿＿＿＿＿＿＿＿＿＿

＿＿＿＿＿＿＿＿＿＿＿＿＿＿＿＿＿＿＿＿＿＿＿＿＿＿＿＿

＿＿＿＿＿＿＿＿＿＿＿＿＿＿＿＿＿＿＿＿＿＿＿＿＿＿＿＿

＿＿＿＿＿＿＿＿＿＿＿＿＿＿＿＿＿＿＿＿＿＿＿＿＿＿＿＿

讀者基本資料

姓名：＿＿＿＿＿＿＿＿＿＿　年齡：＿＿＿　性別：□女　□男

聯絡電話：＿＿＿＿＿＿＿＿　E-mail：＿＿＿＿＿＿＿＿＿＿

地址：＿＿＿＿＿＿＿＿＿＿＿＿＿＿＿＿＿＿＿＿＿＿＿＿＿

學歷：□高中(含)以下　□高中　□專科學校　□大學

□研究所(含)以上　□其他＿＿＿＿＿＿＿

職業：□製造業　□金融業　□資訊業　□軍警　□傳播業　□自由業

□服務業　□公務員　□教職　□學生　□其他＿＿＿＿＿

請貼
郵票

To：114

台北市內湖區瑞光路 583 巷 25 號 1 樓

秀威資訊科技股份有限公司 收

寄件人姓名：

寄件人地址：□□□

(請沿線對摺寄回,謝謝!)